文學寫作是現實社會裡的人生作業，
無法擺脫周遭環境的空氣。
這些空氣，吸多吸少，
仍受政治巨杵攪拌的清濁程度而定。

【莫渝 著】

革命軍

——莫渝詩集

批判與救贖

曾貴海

1

莫渝於1982年9月至1983年6月到法國進修期間，才將他的航海地圖座標定位在自己出生與成長的島國，並輕輕靠岸。

他在1983年完成的詩作〈情願讓雨淋著〉，藉由法國字典上對台灣的解釋，喚醒了他對島嶼國家的感知與認同，之前，詩的孤船航行在沒有陸地的想像世界，不想停泊港口，他幾乎全力關注在詩藝術的表現與形上世界的探索。

法國字典的台灣關鍵詞，確實顛覆了作為一個台灣詩人的存在與現實關係，讓他回歸以前尚未被真實凝視的此在。

走在異國寬敞的林蔭路，情願讓雨淋著。一把傘能代替我多少思念？隔著遙遠的鄉愁。

走在異國寧靜整齊的墓園，情願讓雨淋著。一把傘能網住我多少心情？野草正滋長蔓生於無法憑弔追思的墳頭。

家鄉，該落著溫柔的雨吧！

——〈情願讓雨淋著〉1983.1

　　在法國被轉譯後的真實台灣，遷移並置入他的生命史，突然喚醒他的台灣意識。詩中的雨像聖水一樣清洗走在林蔭道上覺知的心情，傘下的人，讓鄉愁陪伴著思念，孤獨的走著。同時，讓被灌輸的認知像墓園一樣，埋葬突然消散的過去，野草從墳頭滋長蔓生出來。莫渝的回歸是從法國啟程，但卻在異國的內心著陸，他那時候的心情正如他在《莫渝詩文集》的前言告白，充滿了「歸鄉者的歡愉與情怯」。

　　台灣解嚴後，直到1990年，莫渝的返航處處耽擱，滯留與臨時靠岸的情況，使詩的孤帆，在長達10年之間，似乎失去了歸鄉者設定的航道。

　　從1991到2004年間，他寫下了〈彈傷〉、〈秋殤〉、〈咳嗽〉、〈手鍊〉、〈千濤拍岸〉等詩，莫渝才真正著陸於自己的母國家園，站在故鄉的土地上，用詩和心手聯結了這個島嶼國家的人民、土地與共同的命運。

　　　當海峽西岸部署了496枚飛彈

　　　瞄準東邊

　　　強勢威脅了沒有反飛彈能力的我們

　　　究竟

　　　誰在遁逃

　　　誰能挑釁誰

誰忍受遠方戰場的輕重傷，跟

死亡

手無縛雞之力的我們

無奈地

一聲接一聲咳個不停

引發全世界的流感

讓全世界掀起漩渦般的動盪

——〈咳嗽〉2003.12.17

　　〈咳嗽〉這首詩強烈表達了反戰反壓迫的立場，1990年早就標舉反戰思想的詩人，在2003年底，站在自己的母土發出了抵抗與批判的嚴重咳嗽，向海峽對面威脅台灣的中國嗆聲。

　　2004年他以〈手鍊〉見證了台灣人的認同和命運共體的立場，在那年的牽手儀式中，呼喊著自由的聲音，在他心中永遠的「母難日」，228，送給母親台灣一條最美麗的情人手鍊，以手牽手，牽住台灣的儀式，傳達愛與關懷，展現了〈千濤拍岸〉中的歌頌。

承受永遠的動盪，日日夜夜

搖籃似的島嶼，屹立大洋

孑然孤單

被群浪圍鎖，還要破浪前進

⋯⋯

⋯⋯

仿若聆聽秋收時打穀機的嘹亮和樂聲

島嶼伴隨島民的夢

無視千濤的撞擊震撼

安詳而勇決的傲立大洋中

——〈千濤拍岸〉2004.9.7

　　此後，莫渝的詩路沿著兩條詩軌道連接了台灣的社會、文化與政治，一條軌道伸向社會批判與現實抵抗的道路，另一條伸向台灣的探索、理解與詠嘆。

2

　　不再讓孤帆漂流之後，他的詩語結構更為簡潔素樸，拋棄了隨興的借用典故和成語，他所受到的中國傳統詩學的影響，被歸鄉雨沖洗得幾乎「鉛華洗盡」，他的台灣意識與社會關懷逐步揚昇，中國傳統詩學的審美概念不再侷限他，〈水鏡〉中的水仙不再顧盼自憐，〈夜寒聽簷滴〉中的道境與妙悟直觀如煙雲消散，苦竹仍然與他相互凝視，但2008年後〈苦竹〉的苦楚已不再括弧自限。他已體悟到語言符號詩學的社會性，體悟到符號的意義

性，以及以符號做為媒介而產生的意識。詩與現實世界的政經社會文化產生了對話。詩在文化發展中，對社會價值的生產與交流所產生的影響，是莫渝作為台灣詩人的一份信念與責任。

他於2007年5月又出版了一本詩集《第一道曙光》，並擔任笠詩刊主編，雖然編務繁忙多事，他的創作仍然維持穩定的能量。自2008年7月至2009年9月止，他選取了充滿反思與批判性的詩作，出版第八本詩集《革命軍》。這本詩集共分九輯，第九輯是後來補給我的文本，寫作時間卻比其他八輯更早，完成於2008年7月21日。

2008年的台灣社會與政治發生循環性的政權再輪替，國民政府自1946年到1999年執政長達54年後，民進黨政府自2000年到2008年初首次取得總統職位與行政權，但立法院仍掌控在國民黨的優勢權力下，因此社會動盪與對立的結構並沒有產生根本的鬆動。自2000年起晃動了8年後，國民黨重新取回總統職位與行政權，並結合立法、司法、監察與考試權，重回一黨獨大局面，展現了權力極大化的獨斷與封閉。

莫渝這本詩集的創作時間是在馬英九政府執政半年後開始，如果把輯九〈達達主義下虛擬國家的政壇顯影〉依時間序調為輯一，那麼這本詩集所展開的時間流序，對當時政權、社會與文化的批判語境就非常的清晰。

莫渝借用現在主義風行一時的達達主義暗喻國民黨再次輪政的社會狀況。達達主義的文學思潮在1970年代左右曾一度浸染台

灣文壇，西方的達達主義是由崔斯坦・查拉（Tristan Tzara）在
瑞士蘇黎世建立的一個世界主義的小團體，它的宗旨是反對一切
有意義的事物，表現極端的虛無主義心性，以破壞一切為行動的
指導原則，達達主義只要從Dada這個命名就能充分彰顯這個流派
的基本精神。所謂Dada是指幼童說話的聲音，意思是馬兒[1]。莫
渝借用達達這個字詞來界定台灣當時政經社會的狀況，其批判力
的強度與張力，不輸達達主義對當時啟蒙精神中現代性的批判力
量，透過Dada兩字的仲介轉移，展開了不同時空的共時性批判。
在〈達達主義的劣徒〉中，他以極端的反諷語氣批判百年前後東
西方達達兄弟的相質性。

　　西方達達主義的兄弟們
　　……
　　……
　　藉童言奔騰馳騁一番
　　暫時緩和心律不整

　　東方達達主義的表兄弟們
　　……
　　……
　　增加「達達的馬蹄不會錯」

一副馬上英姿的得意圖騰

睥睨四宇

　　莫渝在百年後的台灣，重新理解與詮釋了Dada主義原初的語意與運動精神，巧妙的結合「童言奔騰」、「馬上英姿」及「達達的馬蹄」等Tristan Tzara創建這個文學教派的夢囈宣言。西方在當代台灣的達達主義遠親有一輦領導者，他們的身份與新精神就如詩文本〈宅男M＆P〉

宅男M很倒楣

不小心

被推上峰頂

……

……

內心焦急如焚

宅男M匆匆下山

回到平原

乏味的平原缺少出口

搖身一變宅男P

宅男P整天宅男

無所畏懼地
在自建的宅院內

——〈宅男Ｍ＆Ｐ〉2008.7.21

　　21世紀台灣政治的達達主義虛擬政局，被封鎖在宅男的身心內，政治被虛擬化，權力被虛擬化，連帶著台灣也被虛擬化了。這種達達主義的政權，作為國家主人的人民，在詩人筆下成為什麼樣的庶民與束民呢？

高官
厚著臉皮　　打恭作揖
佔據地球的一角隅
榮華富貴生活著

庶民
無可奈何　　委曲求全
躋身城市的一角隅
裝模作樣賴活著

——〈高官與庶民〉2008.8.28

　　這首詩在結構上運用了對偶結構的工整形式，敘述的頻率聚焦在領導階層和庶民身上，產生對立與對比的反差和嘲諷，呈現2008年台灣庶民生活的現象，批判高官們不知「苦民所苦」，只知「苦上加苦」，無視於底層庶民社會的腐蝕景氣。

虛擬政壇更設立了馬屁學校，透過思想正確的教材，運用反發問學的教學手法，重新洗牌，塑造一言堂的治理規範，漂白汙染的課程。

不養馬

僅提供「厚黑學」的馬屁材料

教師自編

——〈馬屁學校〉2008.8.2

夾在政權與庶民中間的單人街頭革命份子，莫渝描繪著他們內心焦急的身影。

他是Sandwich man

胸前：驅逐無能

背後：打倒無恥

他在四形方街道打轉——

安全免費的健康步道

——保持戰力，長時漫步

……

內心唸唸有詞

他馬的　他馬的

他馬的　他馬的

——〈單人革命份子〉2008.12.15

透過這首詩表達了「革命軍」或「革命份子」的無奈和內心的希望。這時候，詩人想起了切‧格瓦拉（Che Guevara），那位20世紀中南美洲遊擊革命份子的傳奇英雄。

城市遊擊隊員

動作敏捷機靈

快速躲閃跟蹤者

不似慢吞溫和的民進黨人

城市的遊擊隊員

背著小學生書包

包包裝滿著

騎摩托車的切‧格瓦拉的英姿海報

——〈城市遊擊隊〉2008.12.15

詩人在〈城市遊擊隊〉中提出反抗詩學的行動想像，批評民進黨人的溫吞，表達了作家對反對黨的期許與不滿。

輯三到輯八則是對治理結構提出了不同維面的探討。從權力者的霸權心性，到權力運作的操控機制，惡之偽幕的揭露，以及主體與他者，位置及空間的對立關係，暴露了台灣數百年來殖民統治的不變結構。

輯三的〈復活節記事〉中，殖民的幽魂全被召喚出來而再度復活，天天在島嶼過著歡樂的復活節。鐵面具復活了，銅像重新站起來凝視人民，木乃伊返回人間加入造神行列，蒙眼塞耳的騎驢人橫行土地，黑名單上的人被公布為台灣社會的拒絕往來戶。

　　我戴著「鐵面具」橫行
　　管它歲月重不重回
　　歷史在我掌中就要重演

　　　　　　　　　　——〈鐵面具的告白〉2009.2.15

　　一具標本
　　供奉在政治實驗室
　　時時搬上舞台當做活教材

　　復活的木乃伊
　　解剖學的晨課
　　教養政容
　　唬弄人民

　　　　　　　　　　——〈木乃伊教本〉2009.2.15

　　輯四的〈鼠牛交替雜記〉是以違反自然天性的人間景象，暗喻在現代政治蠻荒景象的人間世界。

逐漸消蝕的夢

隨著春融之雪攤成一窪昏黃濁水

阻絕了季節的意義

而我

早已等不及被融蝕

自行急凍

──〈冷〉2009.2.1

　　輯五的〈相對論〉，揭示了形上哲學中有關於惡的古老課題，在人自身與人間世，惡的存在與施為，在不同的時空與時代，不同的社會文化與信仰中，惡永遠是倫理學不得不面對，又難以消除的苦難，但莫渝的揭惡，應是與善的共存關係吧！

一株夭折的竹子

尖銳突兀

瞬息幻變

換成隱形的笑刀

陽光下，希臘般燦爛

狠狠刺進歡呼的人民

沒有精神感覺的人民

看見刀柄，還露出微笑

誇讚飛揚的龍騰圖案

——〈笑裡藏刀〉2009.6.15

　　〈蝶獸對〉這首詩以編年史的敘述方式，縮寫台灣戰後，被
殖民的歷史。

新世紀・台灣

KMT乞求中國共產黨

恩賜

暫時享受主場的快感

——〈蝶獸對〉2009.6.15

　　戰後台灣的歷史，仍未出離幾百年來被殖民的線性歷史，這
種殖民與被殖民，蝶與獸之間，互相對立的詩學話語，揭示了人
類內在的根本之惡，並反面彰顯永恆的存活意義。生命界中人類
這種生命形式，其生存的基本價值、愛、自由與人權，超越了文
化種族主義的意識型態和執見，也超越了政治與黨派的權力，成
為兩千三百萬人必須共同承擔的命運課題。

　　海德格的在世存有哲學中的在世與存有必然是兩種互為依
靠共同存有。沒有在世的世界，無法存有。沒有存有，或失去存

有的意義與自由，此在（Dasein）也被消除。對台灣詩人而言，
「在世存有」意味著台灣與台灣人的存有是不可分割，共存共生
的關係。詩人歸鄉後以這本詩集強烈的表達了這種信念，暗喻著
沒有土地，那有政府或權力；沒有土地，那有存在，更別遑論存
在的尊嚴、人權與自由，這是一種超越政黨和權力觀的思考，因
此這本詩集真正回歸到台灣文學寫實主義的傳統精神，展現抵抗
與批判的文本，也是抵抗詩學的話語實踐。

　　輯七及輯八完成於2009年9月7日至9月9日，在台灣史上重大
水災後剛滿一個月。輯七以執政者無能和無力處理災區及災民為
背景，共有五首詩。陳列並置北官南難之間的對比，譴責政權的
冷血，政事的冷酷，政官的無情，高官媚敵欺壓人民的無膽及媚
行，用以凸顯南方人民的苦難，以及南民怒吼抗議及互持家園的
無力與悲情。八八水災不僅是大自然的力量徹底改變了南方河流
與山林的生態與地貌，大自然以「死」的實相追向台灣人民及政
府，再生與復活的天諭如何解謎，如何慈悲以對。但是大自然的
土石流，流成南方大地的土石流，權力者的土石流，事隔半年，
土石流似乎留在河床和山林，但它還在緩緩地流動著，以另一種
力量凝聚，衝擊台灣，它能停止嗎？

　　它將帶來甚麼樣的「死」，「政治」不但沒有面對和處理災
難，似乎反過來等待和加強一波又一波更猛烈的土石流，「生」
在哪裡？

3

　莫渝這本詩集命名為《革命軍》，意含著革命的思維，軍人般的行動，但是文學本身不具有行動力，如同馬庫塞（Herbert Marcuse）在《反革命與反叛》一書中所標舉的，是屬於唯心色彩的革命。

　文學不是軍人或革命軍手上的武器，但文學的生產價值，以及對當代的影響，卻能使權力者畏懼，在風聲中，在夜深的宇宙，迫使權力者聽到作家靈魂的呼喊和良心的譴責。詩文本對歷史與現實的批判不一定能讓人民得到解放與救贖，但對詩人而言，詩的完成，使詩人內心同步獲得救贖，這是人類文明史中，為何許多詩人像薛西佛斯（Sisyphus）一樣，堅持不斷的把滾落的石塊推回山頂。

　莫渝不甘於再扮演歡愉與情怯的歸鄉者，他已永遠定心在島國，在台灣這片土地上生根展葉開花，島國也成為生命中唯一的存在之地。台灣人的「在世存有」，是兩種互為依靠，共同存有的合體，意即沒有台灣的「此在」，也就沒有台灣人的「存有」，兩者無法分割，也不能片面獨存。因此，台灣的「在世存有」構成了這本詩集企圖詮釋的命運的隱喻，詩人堅持向受難者致敬，與真理及受難者的美麗、溫暖和熱情同台[2]。正如Herbert Marcuse在《馬克思主義與文藝主義與文藝理論研究》所言，文

學藝術，不可能與壓迫者的虛假同在，經驗可能被強化到破裂點，強化到可以扭轉事物的觀點，並向現實決定何謂真實的「壟斷狀態」提出挑戰，從而產生新世界的希望。革命文學的特點就是決裂，因此革命文學的標準在於文學是否敢否定既存現實，與壓迫者的現實決裂，把現實的病徵和解放的目標散播出去，從否定現實中得到解放。

　　莫渝詩文學的躍進，是走向一路開闊的文學旅路，既連結上台灣文學中寫實主義的批判與抵抗精神，也回應了世界文學中古今以來詩人的共同課題，從自我的解放到共同的解放，從自我的救贖到共同的救贖。

參考資料：

[1] 白庚勝主編。2000年。《世界文學三百題》。上海：上海古籍出版社。頁32-33。
[2] 高志仁譯。2001年。《反革命與反叛》。台北縣：立緒文化事業有限公司。頁125。

在自己的土地栽種憂傷之花

莫　渝

　　台灣住民，在日本殖民的統治時期，被指稱是「清國奴」。但，因為人種語言迥異，可以明確地分出殖民主與被殖民者的對立壁壘，因而，當時用「三腳仔」、「四腳仔」等區隔或鄙視的語詞。戰後，在中國國民黨的新殖民統治下，他們指責父祖輩「接受日本奴化教育」。歷經五十年的強力「中國化」，台灣住民曾經有表面一致的族群意識，那是被歸馴成「反共隊伍」的年代，順勢，竟然模糊了「接受中國奴化教育」的毒害，許多人分辨不清自己生長土地台灣的位置。

　　許多的憂傷，自2008年春天開始積鬱。如同早年的一首詩：「彷彿一夜之間／各路的雲聚攏過來／把這片昨日絢爛的天空／積成厚厚的秋」。秋，不必然會憂傷，但，憂傷都是來自2008年春天。那是一場激烈的戰爭，選舉的戰爭，族群對決的戰爭，我們潰敗了。

　　班雅明（Walter Benjamin, 1892～1940）說：「對我而言，實在無法用正確的方法，面對錯亂的狀況。」這應該是人類的處世準則吧！除非他內心隱藏某種因素，主要是權力欲作祟吧，有人定名「邪惡權力」。錯亂的時空，謊言充斥，善惡是非價

值棄之於地。有心人從中獲權得利（另一說法：混水摸魚、從中謀利）。掌權者無需負責自己的言行，否認保證過的承諾，顛三倒四空口說白話，隻手遮天蒙眼。德國政治理論家漢娜·鄂蘭（Hannah Arendt, 1906～1975）說：「謊言是極權主義宣傳中最常見的現象。」是否印證當前？「謊言治國」？究竟是為了得權，需要謊言？抑得了權，不得不謊？真相是：騙了再說。難怪出現「政治是高明的騙術」流行語。

在「反共隊伍」的年代，曾經義憤填膺，右翼份子的思維一心想投效軍旅，虛擬岳家軍的奔馳疆場。如今，領悟自己僅是微乎其微的庶民／庶民。只能拿筆塗鴉。

編譯過法國詩選，當中一首〈我有一株愛情樹〉：

> 我有一株愛情樹
> 堅定地植根於我心
> 它承載的是痛苦之果，
> 煩惱之葉與憂愁之花。
> ……
> 我未具足夠勇氣，
> 拔除這株另植別棵。

堅貞的愛，令人動容。置身錯亂的時代，原本種植親情之樹情愛之花的園圃，不得不改種憂傷。

曾在〈笠詩人小評〉素描自己：「把現實生活的無奈和溫情，融入感動與批判的作品中，重顯詩文學是水邊常綠植物的自然景觀」。面對憂傷時局，想及羅曼羅蘭的話：「如果可以，將我放進去，別讓薪火止熄。」聊以慰藉。

　　2010年1月，題贈前輩畫家歐陽文先生的小詩〈春天 ê 百合〉，心境略有所轉向：

　　三月是哀傷 ê 季節
　　見證血跡

　　有記憶 ê 血跡.
　　是放袂掉 ê 苦難

　　時間閣久長
　　傷痕在咱 ê 心肝頭永遠袂結出粒仔跡（瘡疤）

　　每年三月，攏看得到
　　kui山頭純白 ê 百合

　　苦難留在土地 ê 深層
　　開出一大片咱期待 ê 平和 ê 春天

歐陽文　莫渝

目次

 輯一　達達主義下虛擬國家的庶民／束民腐蝕繪

 輯二　革命軍

 輯三　復活節記事

輯八　政治土石流

輯九　達達主義下虛擬國家的政壇顯影

輯一

達達主義下虛擬國家的庶民／庶民腐蝕繪

拍馬屁的，不是文學

—— 吳濁流

★插畫詩題

輯一、達達主義下虛擬國家的庶民／束民腐蝕繪

水鄉澤國

偏安王朝
最喜耽溺有水的江南風光

暮春三月
他們不常來
他們只在乎「水鄉澤國」四個字的扁額
聊以紓解鄉愁
（好長的看不到的鄉與愁）

颱風挾豪雨時節
返鄉人走入水身及腰的路上
路上改由小舟划行
許多人的車輛變裝成泡水車
有人在家中的濁水池嬉戲
碗盤與玩具共浮沉

眼前的景觀
一時美言：
像極了秦淮河畔的水柔鄉

上京看戲

日子太乏味

敲敲鑼打打鼓

弄些音響震震天

野台戲

當然有好戲碼

京城耍猴戲

年年重演相同劇情

代代欣賞不厭倦

不同的人扮相同的腳色

無需上京看京戲

有道是

「江山代有人才出」

（2008.08.20）

馬屁學校

學校不養馬

僅提供「厚黑學」的馬屁教材

教師自編

高官與庶民

高官

厚著臉皮　打恭作揖

佔據地球的一角隅

榮華富貴生活著

庶民

無可奈何　委曲求全

躋身城市的一角隅

裝模作樣賴活著

看得見與看不見的蟑螂

廚房的蟑螂溜至客廳
趴趴走

越界
非死不可

國家機器運轉不停
龐然機器衍生一群政治蟑螂
整日搖搖擺擺
界
自行劃

且
加速度繁殖一群群兒孫
完成接班
繼承人繼續聚眾搖擺

（2008.08.28）

束民的阿Q勝利

權貴樣樣精通

在冷暖氣房裡活動

擠不出汗

坐領月薪30萬

等於日薪10000

時薪1250

束民阿Q無一技之長

撿到零散的打工機會

時薪80

高興碰到好運氣

客人留下一份舊報紙

阿Q抽空翻讀，認出幾個字：

「本市大廟徵求大豬公

豬公比賽　得獎者獲頒神豬獎」

要飼第一名的豬公

需要冷氣房

需要大量的進食

原來大廟靠大豬公加持

阿Q微笑了

笑得很阿Q

接著想

我的80大他的30

阿Q又笑了

笑得很勝利

（2008.08）

——刊登《笠》267期　2008.10.15

輯二

革命軍

「革命尚未成功」
革命的衣袍繼續披上

「革命尚未成功」
革命的火種從灰爐中復燃

輯二、革命軍

單人革命份子

他，遊走地面
他，暴露身份
他，無視制式的蠻橫恫嚇
他，不理路程的短長坎坷
他，自來自往
這裡，是他的家園

他是Sandwich man
胸前：驅逐無能
背後：打倒無恥

他在四方形街道打轉——
安全免費的健康步道
——保持戰力，長時漫步

順民，他不是
他拒絕逆來順受
選擇逆時鐘方向繞行

表情欣然
內心唸唸有詞
他馬的　他馬的
他馬的　他馬的

他的腰間繫攜發光體
他是「死間」
走在大地的腳
一如深入土裡的樹根
盤纏交錯

不需多久，地表終會
冒出蒼綠的森林

櫥窗

誰都沒有料想到
行人與路客都被當成預謀的暴民
一律貼上標籤：革命份子

在自認安全無虞的櫥窗內
一小撮的掌權者
輪流出現
展示御用品

刀片鐵蒺藜栽滿四周
穿防彈衣的掌權者
踱來踱去
隔著稀薄的空氣
發出顫顫不順的聲音

誰都沒有料想到
櫥窗外
革命的力量勢如破竹

閒散份子慢慢圍攏

堆高

想一睹櫥窗真相

追殺牛頭馬面

——仿電影《追殺比爾》

來自閻殿的死神殺手

六親不認

兇煞眼神搜尋黑名單

練就絕世武功

養兵千日　就在今朝

對決

暗殺團

彼此交換暗號

等候下令

暗殺團喬裝什麼角色

暗殺團準備什麼識別

暗殺團埋伏什麼地區

暗殺團攜帶什麼武器

暗殺團集結多少兵力

暗殺團安排什麼備胎計劃

暗殺團需要什麼退場機智

暗殺團脫口什麼對話

這時

暗殺團出現了

行旅當小心

城市遊擊隊

城市的遊擊隊員

閃入革命家超商

飲Che Guevara牌礦泉水

餐Che Guevara牌便當

還帶出幾罐Che Guevara牌罐頭

城市的遊擊隊員

動作敏捷　機靈

快速躲閃跟蹤者

不似慢吞溫和的民進黨人

城市的遊擊隊員

背著小學生書包

包包裡裝滿

騎摩托車的切‧格瓦拉的英姿海報

──刊登《笠》268期　2008.12.15

輯三

復活節記事

在西方，復活節是基督的特定日子；

在當今島嶼，天天都過復活節。

輯三、復活節記事

鐵面具的告白

鐵面具封死了
誰都無法辨認我的真面目

我不曾答應過任何承諾
之前
之後

我的身份
當然有發言人
發言人說的由「它」負責
我接受電台訪問 談了一些話
再轉述的
概由採訪人「它」自行負責
我有印章
保管人「它」全權使用

我戴著「鐵面具」橫行
管它歲月重不重回
歷史在我掌中就要重演

小島的大國「鐵面具」故事

下回分曉

銅像復活　之二

庫存的貨

算不算劣品？

清除灰塵積垢之後

通通重見天日

趁夜色矇混之際

蒙難後的陽光

益發明亮

誰說二十年後才是好漢

輕輕鬆鬆

再度霸凌街道路口

再度面對來往人民

木乃伊教本

未入土的屍體

躺臥大廳，催眠師施法般的懸空

不時再澆灌芳香劑

逐臭？

不時添加強力防腐劑

保留全身？

一具標本

供奉在政治實驗室

時時搬上舞台當作活教材

復活的木乃伊

是解剖學的晨課

教養政客

唬弄人民

黑名單出土

鼓鼓的口袋
引來巡邏警察趨前質疑

乖乖牌
從口袋裡掏出魔術般長條紙
看得出有名有姓的字
密密麻麻擠歪成一團

這是長期操練的書寫習慣
僅記名字
文章交別人代勞

從前
職業學生的作用是密訪呈報
現在
職業高層發願：公布黑名單

（2008.12.05）

蒙眼塞耳的騎驢人

神話史詩的英雄時代

豪傑殉難

取金幣遮眼

讓他瞑目息眠

庸碌現實的平凡時代

活人冒充英雄

蒙眼不夠

連同塞耳的

騎驢人

順遂老驢的感覺繞走

日復一日

還自認委屈

承擔人間苦難

（2008.12.04）

——刊登《笠》269期　2009.2.15

輯四

鼠牛交替雜記

天體運轉，從立冬到立春，
自自然然的運作，無所謂芻狗。
凡間人類操弄，鼠牛交替，
是交纏也追殺踐踏的邪惡醜態。

輯四、鼠牛交替雜記

冷

是怎樣的一種青冷
痛徹我們微弱的脊髓與神經？

是怎樣的一種畏寒
抽搐我們單薄的顏面與四肢？

空茫茫的無作為
不敢有所作為

逐漸消蝕的夢
隨著春融之雪灘成一窪昏黃濁水
阻絕了季節的意義

而我
早已等不及被融蝕
自行急凍

（2009.02.01）

消費

靠近年終

大方的政府，向後代子孫

借貸，美其名消費券

發放百年首見的置入行銷

英明的總統到街頭教書

親自指導如何使用難得的紙券

面對另一種低度資能的人民

（2009.02.05）

無薪假

到處都感染新款流行病
一禮拜，我，三天
你，兩天
他，四天
還好，未達裁員標準

無薪假，閒逛街頭
真的無心休假

人民的聲音
被厚厚烏雲阻擋

無風地帶的雲端，高官們圍桌
酒酣耳熱　無邊風月的闊論
換換湯
重新商量新一波名詞

（2009.02.07）

軟骨症

不是天生遺傳的疾病
只因後天失調

缺乏維骨力的單一黨奶水
長期飲用
個個得了軟骨症

遠路　不宜走
協商會議　不宜久坐
談判　更不宜

非不宜
只因沒有體力能力應變力

白色布簾圍罩的加護病房　最適合
兩腿癱軟　雙眼癡癡地
望望
彩色天花板的萬里長空

（2009.02.19）

百變領導

當上領導　袖子特別長
長袖善舞
袖裡賣乾坤

當上領導　鼻子特別靈
聞出上風處
毒氣自行閃開

當上領導　眼睛特別瞎
瞎子摸象
民眾允許他摸東摸西

當上領導　嘴巴特別厲害
經得起辯證
今天的嘴巴打昨天的嘴巴

後天要說的
先遣傳聲筒代言

終究

不能算是由他的嘴巴溜出

（2009.02.20）

——刊登《笠》270期　2009.04.15

輯五

相對論

拉下美德的幕幔，露現赤裸裸的邪惡。

輯五、相對論

有嘴無心

量量嘴與心的距離
很短？
直線20公分

心，不表達
嘴，滔滔不絕

心，自閉難過
嘴，一張闊嘴吃四方

嘴，說了許多傷心話
都算自言自語
吠影的路邊瘋狗

心距離與嘴多長？
相悖相離
愈悖愈離　無從密合

笑裡藏刀

一株夭折的竹子
尖銳　突兀
瞬息幻變

幻成隱形的笑刀
陽光下，希臘般燦爛
狠狠刺進歡呼的人民

沒有神經感覺的人民
看看刀柄，還露出微笑
誇讚飛揚的龍騰圖案

表裡不一

穿上有裡襯的西裝
站穩講台
西裝革外畢挺
模樣既華貴又俊逸

脫下累了的畢挺西裝
裡襯破舊污髒
難聞

苦中作樂

苦，是草本植物
樂，是木本植物

草本植物宜當補藥
木本植物製成毒藥

補藥與毒藥
都是現階段人民的日常必需品

蝶獸對

（1930年代，貧弱中國）
中國國民黨與西方納粹黨握手
扮演東方法西斯怪獸
踐踏人民

（1950年代，台灣）
敗北的中國國民黨南竄
佔據蝴蝶王國
改名KMT
當起新廟公

（新世紀，台灣）
KMT乞求中國共產黨
恩賜
暫時享受主場的快感

太史公曰：

蛹蝶變，美化大自然

黨變獸，坑殺土地

——刊登《笠》271期　2009.06.15

輯六

臉的變奏

★輯六、臉的變奏

死要面子

死不要臉

死要面子

生前
靠化妝師的巧手
臉，不時擠出俊美微笑

擠牙膏式的美白微笑
到處散播、傳染
層次分明
隔離著幾道人牆
任誰都在指指點點

塗抹過的聖人容顏，豈容識破
化妝師的手藝，僅能保存
木乃伊的神祕

死不要臉

臉皮薄，需要面具
臉皮厚，無所謂面子問題

再怎麼犯錯
絕不承認
（無所謂坦白從寬）
即使心存邪念
也要擺出一臉無奈無辜
（啥樣都不知！）
別管可不可憐

偶爾素顏相見
依然難掩虛偽的做作

（2009.04.22）

——刊登《笠》272期　2009.08.15

輯七

台灣南北朝記事

輯七、台灣南北朝記事

1.災難現真貌

北朝高官顯貴西裝革履吃香喝辣談笑風生口沫橫飛
南朝黎民受難水深火熱生靈塗炭民不聊生哀鴻遍野

2.自我陶醉與自我救濟

北朝無馬可騎無弓可彎行事低調慢好多拍
南朝無船可行無家可歸暫時拿穹蒼作屋宇

3.南北交流

北朝官員南下勘查擁抱災民一次又一次道歉離開後故態復萌
南朝災民北上怒吼聯手抗議包圍行政院佔領大道Long stay總統府

4.guts.

北朝侯門財多氣粗外媚中共內欺人民飲酒作樂guts海派十足
南朝庶民樂善好施本性自然流露不耍奸狡機詐熱情洋溢夠O.K.

5.金粉與惕厲

北朝金粉娘娘腔喜搞暗渡陳倉幾招繡花拳專門屈膝示愛討阿陸心
南朝惕厲守本份行事戰戰兢兢不妄自菲薄腳踏實地堅持貞守家園

（2009.09.07）

——刊登《笠》273期　2009.10.15

輯八

政治土石流

生活在台灣的價值，因連續的土石流，沖蝕蕩盡。
道德準則，也因政治土石流，出現嚴重的後遺症。

輯八、政治土石流

冷血

無恥

無能

無頭蒼蠅

夜巡

★包心菜

冷血

官場很冷　很僵化

見面只能打哈哈

互相吐氣

暖和暖和消瘦的身子

無視外界的變化

堅守關窗鎖門

眼不見為淨

允許室內盡情酒酣耳熱

任狂風暴雨的腳蹤四處為虐

無恥

早已忘記提過的任何Promesse

平時稀稀鬆鬆
輕便地帶換洗衣物，一根牙刷
到處玩玩Long Stay的遊戲
搏一搏廉價的感情

自然預留安身處
強調
平時等同戰時
自己的軍營最放心

無能

工讀生很忙　很能幹

雜事一籮筐

搬貨　疊貨　上架　下架

結帳　盤點　打掃　送貨

維修

汗未曾停止

店主呼來喚去的

指指點

還一臉嫌憎

冷暖氣房裡

不管國事坐領高薪的宅男們

如何對話

時薪90元新台幣的工讀生

無頭蒼蠅

蒼蠅很忙　很盡責

飛天乏術

盡在咫尺空間耀武揚威

偶爾發出幾響嗡嗡

表明牠的飛行勢力仍在掌控中

夜巡

白日太忙
忙於鬥智鬥人鬥時間
忙得不知光之所在

夜晚出巡　無需太陽
端賴
朦朧街燈

但見人影幢幢
永遠猜測不到龍的真貌

包心菜

一粒包心菜
亮麗光鮮可比博物館裡傳言的
翠玉白菜

集天地精萃日月昭華
葉葉青翠　層層包裹

送你一粒包心菜
微小嫩白的葉芯
包藏我心

（2009.09）

──刊登《笠》274期　2009.12.15

輯九

達達主義下虛擬國家的政壇顯影

任何人的一言一行都是光束中飄蕩的浮塵，
即使藏匿背光暗處，遲早仍會顯影。

輯九、達達主義下虛擬國家的政壇顯影

★傀儡戲

★宅男

宅男M & P

神豬L & W

二線

★自閉兒

達達主義的劣徒

傀儡戲

太入戲了
他們拒絕再充當職業觀眾
板凳坐久了
身心早已憔悴疲憊

即使跑跑龍套
只要能登上舞台
露個臉
感覺還可以

眾人爭吵
眾聲喧嘩
「不如公推一仙布袋戲仔上台」

大家輪流用單隻手掌
撐起場面
讓布袋戲仔，不斷變臉

眾人才有機會輪流發聲

宅男

不曾哈日的他
偏愛日本名詞
還嘮上一句日本話

而且朗朗上口
用行動顯示「宅男」本色
允許大家以此恭維他

原來
這是有身分人的尊稱

宅男M&P

宅男M很倒楣

不小心

被推上峰頂

竟然

「前不見古人　後無來者」地嚎啕大哭

內心焦急如焚

宅男M匆匆下山

回到平原

乏味的平原缺少出口

搖身一變宅男P

宅男P整天宅男

無所畏懼地

在自建的宅院內

P：power、priest、president 等字的第一個字母；巧的是，跟阿Q為鄰。

神豬L＆W

神豬是必要的
豢養是必要的
門面工具家臣都是必要的

只顧吃香喝辣
山珍海味全到齊

無所謂表演與否
只要連番露秀
貼上神豬王

不妨予以禮貌的尊重

背地
「呸」他一壺痰

二線

戰爭結束
許多敵人陣亡
許多弟兄受封侯
許多微不足道的紛紛出籠
更多的「團隊」爭食勝利品

「富貴於我如浮雲！？」

我不屑
我一向就是這副德性
我
回到最喜愛的大樹下
涼快涼快

昔稱「大樹將軍」
今言「二線先生」

自閉兒

究竟短缺LP
抑
從無GUN

閹割後的太監
還能狐假虎威
掀起一陣凜凜的威風

早已「登大人」
還在吃補
原來是自閉兒

達達主義的劣徒

「膿」裝豔抹

百年後

風華再現

西方達達主義的兄弟們

率先捧出「Dada」

握拳的意志

藉童言奔騰馳騁一番

暫時緩和心律不整

東方達達主義的表兄弟們

一樣畫葫蘆

「Dada」照抄

速度灌水

增加「達達的馬蹄不會錯」

一副馬上英姿的得意圖騰

睥睨四宇

褪去脂粉

魚尾紋老人斑頻頻露現

風華失色

（2008.07.21）

──刊登《文學台灣》68期　2008.10.15

憤怒、戰鬥與諷刺
——評莫渝政治詩集《革命軍》

簡素琤

　　在2007年出版的詩集《第一道曙光》的後記〈詩日記〉中，莫渝做了六則「詩的定義」：「詩，是玫瑰，是香水，散發幽芬，四溢芳郁。／詩，是敞開的窗戶，讓信、望、愛的空氣對流。／詩，是藥帖，是處方，療癒傷痕，撫慰人心。／詩，是自由的飛鳥，是翩躚的蝴蝶。／詩，是晨露、是殘腿、是手鍊、是拍岸的千濤……／詩，什麼都不是，僅僅文字美妙的組合」（頁235）[1]。這段文字，強調對詩傳遞美與自由精神及撫慰功能的信念，清楚表達莫渝當時心中對詩的理念，認為詩必須芳郁持久、帶來自由與信望愛，既能撫慰心靈（是晨露），也能批判現實的殘酷（是殘腿），能同時反映人間世事（是手鍊）與浩瀚的自然（是拍岸的千濤）。莫渝在此所表達的寫實與寫意的理想詩觀，延續了他於1979年出版第一本詩集《無語的春天》以來，一直不變的堅持。對莫渝而言，藉由寫詩批判現實並同時感動人心，是身為詩人的他，一直以來追求的目標[2]。

---

[1] 見莫渝，《第一道曙光》後記〈詩日記〉，台北市：秀威資訊科技，2007，頁235。

[2] 在他1986年出版第三本詩集《土地的戀歌》的〈莫渝詩觀〉上，莫渝寫道：「批判現實、感動人心該是詩的兩股使命，我願意以畢生的努力，追求並完成它」

　　莫渝的詩，自始擺蕩在寫實與寫意之間。他寫意時，溫和淡泊，沉斂而熱愛自由與想像，一如他在〈阿勃勒〉一詩中所展現的清新而生機蓬勃的阿勃勒：

　　　經年我綠得自然
　　　　　綠得自在
　　　跟荒地小草一樣
　　　哪管誰家的艷火四射

　　　別忘了
　　　我是宙斯Zeus
　　　燦爛的黃金雨
　　　為了輝映五月天

他的詩儘管乍看可能平凡自然地像荒地的小草，但當綻開所有芳華時，卻成為五月藍空下最光燦奪目的艷黃。而當莫渝批判現實時，語言仍然一秉樸實淡泊的風格，溫和而平實。其最佳批判現實的詩作，文字往往看似平淡溫和，但對現實世界的批判與情感的掌握，卻敏銳精準，一針見血，能撩撥起令人無限感懷的空間。如〈泥鰍之死〉：

　　　再哭，連淚都是太陽豐富的午餐
　　　逃學的學童從泥沼裡挖出

一尾泥鰍

左右手輪流緊捏，然後

甩到熱可燙手的石岸上

嬉笑地回家

留下我

孤獨的想著家

想著如何安排乾癟的靈魂

在這首詩中，泥鰍被頑童從泥地理挖出來把玩，然後被丟棄在河邊的石岸上曝曬。不見聲嘶力竭的指控，莫渝僅以泥鰍的語氣，簡短的遏止自己無用的哭泣，以便思索如何安排已被曬乾靈魂的歸路。被踐踏者面對無情的天地，所顯現的無助與渺小，從泥鰍的斥喝聲中，迴蕩開來，撞擊著讀者的心胸──被踐踏者對於施暴者殘忍的嬉戲，只能擦乾眼淚默默溫和地承受。莫渝批判現實世界時，總帶著的默默承受溫柔的態度，在這首詩中可清楚看見。

而在莫渝即將出版的政治詩集《革命軍》中，這樣向來予人淡泊溫柔含蓄感覺的莫渝，卻有了極大的轉變。向來在寫意、寫實間營造出廣大自然胸襟的詩語言，杳然不見了蹤跡；取而代之的，是冷嘲熱諷的辛辣或咬牙指斥的熱切語氣。詩人高調地大聲抗議、抨擊當權者與時政，竭盡嘲諷與批判的能事。這本詩集收集了莫渝2008年8月至今的政治詩，整本詩集讀下來，讀者眼前

彷彿有一隻巨大憤怒的拳頭不停地揮舞著，火力全開對準跳樑政客的種種欺騙與醜陋樣貌捶打下去。莫渝在這些詩中所顯現的憤怒情緒，使人聯想到美國黑人詩人休斯（Langston Hughes 1902-1967）所寫的〈民兵〉裡，那種被逼得沒有退路的被壓迫者所爆發出來的憤怒的力量：

　　讓所有人

　　安靜地吃著恥辱的麵包

　　我不能

　　不大聲、久久地抱怨

　　我喉嚨裡滿是苦味

　　直達靈魂

　　這是錯的

　　我誠實地工作

　　你給我微薄的酬勞

　　我認真地夢想

　　你吐痰在我臉上

　　因此，我握緊拳頭

　　今天——

要打在你臉上[3]

　　詩集的標題《革命軍》，即在昭告天下，詩人批判政治現實所採取的戰鬥位置——那將是激烈的革命論調、「不似慢吞溫和的民進黨人」（〈城市遊擊隊〉）。莫渝把這四十六首的詩，依主題或寫作時間分為九輯。在輯一「達達主義下虛擬國家的庶民」的六首詩中，詩人直接以蟑螂、豬公、耍猴戲、拍馬屁，指斥當權者與趨炎附勢者，以冷嘲熱諷的語氣批判馬政府的無恥、

---

[3] 這是我的翻譯，休斯的詩原文如下：

Militant

Let all who will
Eat quietly the bread of shame
I cannot,
Without complaining loud and long.
Tasting its bitterness in my throat,
And feeling to my very soul
It＇s wrong
For honest work
You proffer me poor pay,
For honest dreams
Your spit is in my face,
And so my fist is clenched
Today---
To strike your face

顢頇、蠻橫、欺騙、善變、偽善的嘴臉。輯名「達達主義下虛擬國家的庶民」，即運用第一次世界大戰後達達主義的反理性、反美學的概念，批判當權者有如劣質的達達主義者，對民眾理想的國家想像所做的扭曲。莫渝以對比、反諷、扭曲誇張的手法，嘲弄現實政治人物與政治生態，達到嘲笑諷刺的效果。例如〈上京看戲〉，以反諷的手法點出人民對政治猴戲的厭倦：「京城耍猴戲／年年重演相同劇情／代代欣賞不厭倦」，而「江山代有人才出」一語，則反諷高官在京城耍猴戲的精采，更超越前朝。另外，在〈水鄉澤國〉中，莫渝將台灣民眾的淹水之苦與高官想像中江南「水鄉澤國」的美麗景象做對比，加以反諷：泡水車、家中濁水裡碗盤浮沉，竟引起中國情懷的官員「眼前景觀／一時美言：／像極了秦淮河畔的水柔鄉」的感懷，莫渝對馬政府無視庶民苦難，做了冷徹心扉的註解。

在輯二「革命軍」的五首詩中，莫渝繼以城市遊擊隊、單人革命份子、暗殺團、死神殺手、群眾力量為主題，對這些欺騙無恥的政客發出追緝令。在這幾首詩中，莫渝主要以重疊與對仗的句型，堆疊出強而有力的急迫語氣，高聲地對無恥政客宣示戰鬥的誓言，營造了遍地開花的威脅感。這些單人革命份子、城市遊擊隊、暗殺團，其實就是每個生根於此的台灣公民，他（她）是無組織的自由人、閒散份子，幾乎無所不在地在街頭巷尾遊走，隨時監控，準備好對這些專制的政客騙子，做出致命的打擊：「他，遊走地面／他，暴露身分／他，無視制式的蠻橫恫嚇／

他，不理路程的短長坎坷／他，自來自往／這裡，是他的家園」。
而他（她）遊走革命的目的，則在恢復家園的希望與生機：「他
的腰間繫攜發光體／他是「死間」／走在大地的腳／一如深入土
裡的樹根／盤纏交錯／／不需多久，地表終會／冒出蒼綠的森
林」（〈單人革命份子〉）。

在輯三「復活節記事」的五首詩中，莫渝則主要假借宗教與
文學典故，諷刺國民黨黨國政治文化的復辟。復活節為慶祝耶穌
死而復生的重要節日，在此被轉借為銅像的復活、黨國木乃伊的
復活，極具諷刺意味。而隨著黨國文化的復辟，黑名單的恐懼再
現，專制者帶著不沾鍋的「鐵面具」，玩弄歷史與政治，令人無
法掌握其真面目。而在輯四「鼠牛交替雜記」中，憤怒與冷嘲熱
諷依舊，但多了一份漸感無力與無奈的語氣。莫渝以新舊年交替
之間的社會政治雜感為題，寫出了一篇篇庶民的無奈。詩人繼續
前幾輯詩的寫法，以對比的方式諷刺，如〈無薪假〉中，人民的
憂愁的烏雲對照高官無邊風月的闊論：「人民的聲音／被厚厚烏
雲阻擋／／無風地帶的雲端，高官們圍桌／酒酣耳熱　無邊風月
的闊論」；〈消費〉中，「英明的總統」對照「另一種低度資能
的人民」。另外，莫渝也繼續以疊字或相同句型的段落，堆疊出
濃厚的無奈情緒。在〈軟骨症〉中，幾個連續的不宜，描寫出政
府的萬般無能：「遠路　不宜走／協商會議　不宜久坐／談判　更
不宜」；而在〈百變領導〉中，四個相同句型的段落，則層層堆
疊地描繪出國家領導人狡猾、陰險善於官場文化卻缺乏治國誠意

的樣貌[4]。而在〈冷〉這首詩中，莫渝對時局的絕望，也同樣以相同句型的段落，層層疊疊地鋪陳出來：「是怎樣的一種青冷／痛撒我們微弱的脊髓與神經／／是怎樣的一種畏寒／抽搐我們單薄的顏面與四肢」。

在輯五「相對論」中，莫渝以「表象與真實相對」的概念為主題，寫了五首詩，撕開當權者金裝玉貌的偽裝，揭露其欺騙、惡意、腐朽的真面目。而如輯名所示，在這五首詩中，他所採用的修辭策略，即是對比。在〈有嘴無心〉中，滔滔不絕的嘴（表象）與不表達的心（真實）成對比；在〈笑裡藏刀〉中，隱形殺人的笑刀（真實）被無知的人民看成飛揚的龍的圖騰（表象）；

---

[4] 〈百變領導〉原文如下：

當上領導　袖子特別長
長袖善舞
袖裡賣乾坤

當上領導　鼻子特別靈
聞出上風處
毒氣自然閃開

當上領導　眼睛特別瞎
瞎子摸象
民眾允許他摸東摸西

當上領導　嘴巴特別厲害
經得起辯證
今天的嘴巴打昨天的嘴巴

後天要說的
先遣傳聲筒代言
終究
不能算是由他的嘴巴溜出

在〈表裡不一〉中，西裝外表的華貴俊逸（表象）與襯裡的破舊髒污難聞（真實）成對比；在〈苦中作樂〉中，苦與樂的對比；在〈蝶獸對〉中，蛹蛻變成蝴蝶（美化自然），與黨變成怪獸（坑殺土地）成對比。而這樣的對比手法，同樣貫穿輯六「臉的變奏」與輯七「台灣南北朝記事」，尤其在輯七，莫渝以對比善良努力南台灣人民與顢頇無恥北台灣高官的方式，描繪出正邪雙方對立而無法對話的狀況。而最後，在輯八「政治土石流」的六首詩中，莫渝持續以諷刺、反諷、對比的方式，批判政府的無能、冷血、無恥和操弄。如〈無頭蒼蠅〉中，即以反諷的方式批評政府的無能：「蒼蠅很忙　很盡責……」。

　　輯九以「達達主義下虛擬國家的政壇顯影」為題，與輯一題名中的「達達主義」、「虛擬國家」呼應，再度暗示當權者有如只具破壞理性秩序力量、卻不具洞見的劣質達達主義者，以及詩人對台灣曖昧的國家定位的看法。本輯中〈達達主義的劣徒〉一詩，充分解釋了詩人何以用「達達主義下虛擬國家」為題為《革命軍》的最始與最終的二篇詩輯命名，做為其對台灣政治現狀的整體解讀。在此詩中，詩人指出西方的達達主義者「藉童言奔騰馳騁一番／暫時緩和心律不整」，西方達達主義者乃藉由反理性思維鬆動西方理性精神所造成的浩劫，調整西方文明的腳步，是為具有洞見與理念的改革者；而東方的達達主義者（此處指徒具破壞力的藍軍），則實際上是依樣畫葫披上改革外衣、實則老朽化膿的復辟勢力：「褪去脂粉／魚尾　老人斑頻頻露現／

風華失色」。而輯九的其他六首詩，在主題與技巧上與輯一多所呼應。〈傀儡戲〉這首詩，呼應〈上京看戲〉的主題與比喻，將政壇人物的操弄表演分別比喻為傀儡戲與猴戲。所不同的是，在〈上京看戲〉裡看戲的觀眾純粹只以看猴戲的心態嘲弄政治人物的表演，而在〈傀儡戲〉中，觀眾則是操弄台上戲偶演出的職業觀眾，莫渝藉此批判檯面政治人物乃為毫無理念、徒為盲目群眾力量的傀儡。而〈神豬L&W〉這首詩，以反諷手法批判腐敗政治對權貴的豢養：「神豬是必要的／豢養是必要的／門面工具家臣都是必要的」，則呼應了〈束民的阿Q勝利〉中被大廟豢養的神豬：「要飼第一名的豬公／需要冷氣房／需要大量的進食／／原來大廟靠大豬公加持」。另外，在此輯中的〈宅男〉、〈宅男M&P〉、〈二線〉、〈自閉兒〉，對政治人物（在此特指馬總統）的退縮沒有擔當，時以直接嚴厲的批判（如〈自閉兒〉[5]）、時以反諷法（如〈宅男〉[6]）加以責難，與〈傀儡戲〉批評政治人物為群眾力量傀儡的主題相呼應。

　　整體觀之，《革命軍》採取達達主義式的反理性、反美學的破壞性手法寫作，對當前政治生態與政治人物的無能、虛偽、腐敗加以嚴厲無情地撻伐，詩集裡諷刺、辛辣、憤怒、無奈的語氣，與《第一道曙光》（2007）的溫和、自由、含蓄、浪漫、光

---

[5] 在〈自閉兒〉這首詩中，莫渝以嚴厲直接指斥謾罵的方式，直指政治人物的無能如被閹割缺少男根的自閉兒。

[6] 在〈宅男〉這首詩中，莫渝則以反諷語氣故做恍然大悟狀：「原來／這【宅男】是有身分的人的尊稱」，抨擊政治人物故做高貴地無所作為。

明，有著天壤之別。而莫渝這樣巨大的轉變，其實與藍綠政權的更迭及詩人對馬政府虛偽、無能、狡詐作風徹底的痛恨，有絕對的關聯。在《革命軍》裡，莫渝為令他憤怒的年代尋找一個迥異於以往、全新的詩語言。他顛覆向來的理性與溫柔寫作風格，屢屢以達達主意式的反諷、諷刺、對比、痛罵的方式，以極強大的破壞力摧毀當權者的虛偽假象、抨擊高官的長袖善舞與無能。其痛恨越深，語言則越趨淺顯明朗，有時幾乎近於謾罵的「非詩」。如〈死不要臉〉這首詩，已是從內心到嘴巴最質樸直接的指斥：

臉皮薄，需要面具
臉皮厚，無所謂面子問題

再怎麼犯錯
絕不承認
（無所謂坦白從寬）
即使心存邪念
也要擺出一臉無奈無辜
（啥樣都不知！）
別管可不可憐

偶而素顏相見
依然難掩虛偽的做作

在此，莫渝對於政客虛偽的醜態，如卡通素描般幾筆勾勒地活靈活現，讓政治立場相同的讀者讀來會心一笑，而暫消心中的塊壘。從破壞假象的力道觀看，莫渝這個新的詩語言，能充分發揮摧毀偽善政治與社會秩序的功能。但這樣黑白分明、正邪二元對立的指斥，事實上也可能加深讀者對特定政治人物既有的觀感，而不易引發讀者對自身生存處境做更深層的思索、阻斷了詩歌發揮其更為動人的內省力量。

誠然，政治詩必須寫出社會大眾真實的感受、反映社會政治的真實樣貌，而為被壓迫者發聲。莫渝《革命軍》的政治詩，對當權者諸多醜陋面向加以無情地諷刺撻伐，其明朗的語言、急切的語氣，確能發揮政治詩傳頌街頭的力量，而使虛偽的政客們如坐針氈。但如果政治詩，始終無法些微抽離對當權者的仇恨與詛咒、自願放棄其洞察觀照的內省力量，是否因此也會因此腰斬詩歌引發讀者想像力與思索各種存在面向更大的功能？而始終沉溺在憤怒中寫政治詩，是否終究只是激化某種政治行動力量，卻難以做到深化讀者的知覺與洞察力？

莫渝與讀者們在擊掌稱快之際，如果能再繼續深加思索這一點，相信必能使其政治詩創作，更具有可觀的成果。

（2009.12）

歷史倒轉的腳步聲
——閱讀莫渝的《革命軍》

　　捷克作家米蘭・昆德拉（Milan Kundera）在他的小說《不朽》一書裡，提出意象學（imagologie）這個新詞，還鞭辟入裡地剖析了衍生而來的「意象學家」這個角色的內涵。昆德拉指出，在人類社會諸多的角色裡，存在著類似食物鏈的組織，其中有一個特殊的環構，分別來自：政治家（政客）→新聞記者→買下報紙版面和電台的廣告公司（幕後老闆）。他們互相依存借託，一起為市場服務，也為思想體系服務，當中最重要的角色，當屬潛藏檯面下的新聞記者了。

　　其實，意象學家的功能，說穿了，是專長於某種形象與思維的包裝，也是帶領製造社會公斷氛圍的操盤手。他們既可以「神格化」某人，也可以「妖魔化」某人，他們可以隨心掌控社會議題的走向，甚至足以讓整個國家機器翻轉，更別說是引誘盲目的群眾自掘陷阱而不自知了。於此，我們可以明確地說，意象學家往往正是利益鬥爭的重要參與者；然而，對於這看似邪惡的，被昆德拉所界定的「意象學家」的存在，是否有一種接受良知與勇氣的驅策，而願意與之相抗衡的角色呢？

當台灣長期醞釀出來的政治神話終於徹底破滅以後，我們所賴以生存的國家，正以快速倒轉潮流的方式，再度發出求救的信號，而莫渝以一個詩人的身份，選擇在這個時間點上，出版內容涵蓋八輯，總共39首的《革命軍》詩集，正好提供大家一個探究反向意象學的題材，它包含以下的特色：

一、語言以反諷（irony）為基調

台灣再次政黨輪替以後，對外，由於國家自我定位問題益顯迷濛，所以詩人的輯序有「虛擬國家」的影射；對內，則因為施政不彰、經濟惡化，導致「庶民」變「束民」，而詩人對於浮世繪已經嚴重成為「腐蝕繪」的命題，則是文本的重要指涉方向。

威權時代一再要求人民背誦的總理遺言：「革命尚未成功，同志仍須努力。」的「尚未成功」，竟然是「革命的火種從灰燼中復燃」的續集。復活的美好滋味，在詩人的語言信息上，也成了：「在西方，復活節是基督的特定日子；在當今島嶼，天天都過復活節。」的諷刺標示。這樣的荒謬乃肇因於「天體運轉，從立冬到立春，自自然然的運作，無所謂芻狗。凡間人類操弄，鼠牛交替，是交纏也追殺踐踏的邪惡醜態」的流年交替嗎？尤其當我們的「領導人」上台以後，一面毫不留情地追殺異己，一面卻高喊這個社會必須努力推展「誠實與美德」的教育，以至於讓詩人對於「拉下美德的幕慢，露現赤裸裸的邪惡」指控，是否反而成為最誠實的美德表現？

二、時空交錯的布局架構

　　《革命軍》詩集的總體表現，屬於具有強烈主題意識的創作。詩人站在群體閱歷與社會共感，加上個體思維與情感外射的角度，組織不同時間創作出來的獨立詩篇，去完成詩集的整體架構。

　　詩集的生命體呈現的是「過去性」與「現實性」的時空融合與對立，其諷刺筆調的詩性，也是從這樣的立基點溢生而出的，其中最名顯的例子，可以從〈水鄉澤國〉遙遠的所謂「魚米之鄉」，拉到每逢颱風季節，就在我們現實生活裡演出「有人在家中的濁水池嬉戲／碗盤與玩具共浮沉」的景象、〈上京看戲〉的「不同的人扮相同的腳色／無需上京看京戲」之戲裡戲外，意圖隱藏的時空與人物，以及〈台灣南北朝記事〉裡，把台灣政治意識南北分治的現實現象，意進過去中國南北朝歷史重現的系列作品等，都可以看出詩人的心思與布局，而目的與效果反應在讀者身上，自然提醒了一個對於虛無「朝代」與「國土」心懷懸念，本質不變，卻又無能自主的高傲政體，正在輪轉國家的機器，其「自我感覺良好」的「績效」，從大家記憶猶新的，全民被消費券政策〈消費〉的結果，和〈無薪假〉的創始經歷，以及無數被詩寫出來的事例裡，得到共同的驗證。

三、內容以庶民的憂患意識為題材

背景文評家認為文本是在具體的歷史語境中產生的。詩人作為一個天生的反意象學家，對於自己生活的土地與人民，往往自然而然賦以良知的使喚，尤其在時局嚴重違反人本價值，執政者的官樣歷史與所謂「稗官野史」的庶民歷史產生極大反差危機的時刻，文人便藉由文學創作的方式，一方面抒發自己的憂心與情緒，一方面適時代替沉默的大眾發聲，而文本自然也成為貼近當代生活背景的另類歷史紀錄了。

我認為《革命軍》的主要題材在針砭時事，既對人也對事。處在上述的時空背景，真正的詩人是不願意缺席的，這應該就是為何莫渝一開始就引用吳濁流的名言：「拍馬屁的，不是文學。」的原因吧？

當我們閱讀〈庶民的阿Q勝利〉對於那位你或許熟悉，或許不熟悉，卻為了「時薪80／高興碰到好運氣」的象徵性人物阿Q，深切地感知到權貴與庶民之間的境遇，在現實世界所呈現的天淵之別，已經把阿Q那丁點高興的心情，化成現實社會的庶民們，從生活困境當中，一起被擠壓出來的眼淚，而那個被詩人以「胸前：驅逐無能／背後：打倒無恥」的語言代換過心境的〈單人革命份子〉——「sandwich-man」又給了我們什麼樣的啟示與感受？難道這個為了生活，不得不掙扎在現實夾縫裡的活體

廣告，也只能比阿Q有覺知的，在他的「內心唸唸有詞／他馬的他馬的／他馬的　他馬的」自我情緒發洩嗎？

　　曾幾何時，我們的下一代也體驗到「誰都沒有料想到／行人與路客都被當成預謀的暴民／一律貼上標籤：革命份子」的場景，從詩人的〈櫥窗〉裡，他們還看到了什麼？如果因為一時不滿而產生的年輕「革命份子」，不過是懷抱著像Che Guevara 的浪漫革命情懷的〈城市遊擊隊〉員，你的心境能不感覺到〈冷〉嗎？詩人道出他內心深處的「青冷」與「畏寒」實則淵源於〈蝶獸對〉的歷史悲情，如今居然取得了合法的延續性。

　　於今，我們有了〈表裡不一〉的〈百變領導〉，有了〈死要面子〉的〈木乃伊教本〉，而「清除灰塵積垢之後」的〈銅像〉伴隨著時代的進步，在〈黑名單出土〉的方式乾脆改由高層直接「發願」之下，終於又〈復活〉了。我們於是看到一群〈冷血〉、〈無恥〉又〈無能〉的政客，因為喝了「缺乏維骨力的單一黨奶水」而患了〈軟骨症〉的〈無頭蒼蠅〉在一起主導國政。他們「但見人影幢幢／永遠猜測不到龍的真貌」，根節就在那是戴著一副「封死了的鐵面具」，一切由代言的「它」負責，永遠罪不及己的「龍」君，所以百姓也只能〈苦中作樂〉了。

　　著名的詩人艾略特認為：詩中的情感不是個人的情感，而是普遍意義的情感。我認為《革命軍》的詩寫，正是這樣的表現。一個時代如果讓眾多的文人提起筆桿子去對抗代表權力結構

的槍桿子，那麼這個時代必定會成為未來史學家筆下的「黑暗時代」。文學作品雖然是客體環境想像性的再現，卻也可以是柔性批判的轉體。文人對於時代的認知及發揮的道德勇氣，足以穿越時空，成為歷史不朽的見證，文字感染力的藝術性所產生的抵抗力量，更是所有執政者不容忽視的存在，即使那是多麼的芒刺在背！然而，令人悲嘆的是，閱讀莫渝的《革命軍》卻彷彿聽到步步沉重而悲傷的，歷史倒轉的腳步聲，正朝著我們，不停地響著。

（2009.12.31）

當革命軍遇見達達主義
——莫渝新作《革命軍》

黃玉蘭

一、前言

　　詩人莫渝來電，說要出新詩集了，聽到這個消息，真為他高興！這位現代詩人，不負「藝壇勤者楷模典範」，[1]雖然果實早已累累，卻仍然矻矻不輟，持續耕耘，益增筆者的無限景仰。但是，覺得有點難過的是，自己寫詩也有一段時日了，但至今尚未能集結成冊；瞻仰先進步履，望塵莫及，徒增感嘆。而最後，讓我冷熱交加的是，莫渝要我寫評論，承蒙不棄且為了先睹為快，就滿口答應，然而收看文稿之後，心情迅速為之凍結，因為新詩集以《革命軍》為名，字裡行間潛藏著許多亟欲爆發的火山裂口，一不小心就會碰觸危險的地雷。

---

[1] 請參見2009年10月23~24日於台中教育大學舉辦的「2009後浪詩社與台灣現代詩學術研討會」中筆者所發表的〈莫渝作品研究——四季的容顏〉之論文。

　　《革命軍》一書分為九輯，每輯詩篇多寡不等，包括：〈達達主義下虛擬國家的庶民／束民腐蝕繪〉六首[2]、〈革命軍〉五首、〈復活節記事〉五首、〈鼠牛交替雜記〉五首、〈相對論〉五首、〈臉的變奏〉兩首、〈台灣南北朝記事〉五首、以及最後的〈政治土石流〉六首，……，全書總計為46首詩。

　　本文以〈當革命軍遇見達達主義〉為題，試圖簡要回溯革命軍與達達主義在過去歷史上各自呈現的重要光影，繼而論述詩人莫渝運用游移觀點的敘述手法，使此東西不同的光影相互重疊糾纏，而描繪出當今朝野之間隱如火山、藏如地雷般的矛盾與衝突之張力，繼以探究莫渝新作《革命軍》詩集首兩輯〈達達主義下虛擬國家的庶民／束民腐蝕繪〉與〈革命軍〉詩作的些許內涵。

二、革命軍

　　提到革命軍，不得不翻閱中國與台灣的近代歷史。革命軍，是中華民國國軍（簡稱國軍）的前身，由中國國民黨在1925年師法當時蘇聯共產黨「以黨建校，以校領軍」的模式，並參考蘇聯軍事制度後創設。早期國民革命軍內部的將領和軍官由中國國民黨在廣州創設的黃埔軍校所加以培養訓練，軍隊亦效忠中國國民

2　莫渝在詩文中詩篇的計算單位有時用「帖」有時用「則」，取代「首」；依個人理解，「帖」，原為臨摹範本，詩人藉以嘲諷當局者慣用之伎倆模式；「則」，釋為「法度、規矩」，或「事例、事件」，則取其後義，以故事嘲諷當局之行事。

黨與中華民國，為北伐、抗戰、國共內戰的國民政府軍事主力。此外，1928年北伐完成，寧漢分裂完全塵埃落定，東三省易幟，南京的國民政府定於一尊，國民革命軍也被稱為國民政府軍，簡稱為「國軍」。[3]

就某一方面而言，中華民國國民革命軍的存在，在中國近代史上有其相當的歷史意義，首先這支軍隊是第一支政治上「以黨領軍」的武裝部隊，同時也在蔣介石的領導下，於1928年結束了北洋政府統治下軍閥割據的局面，並且在國民政府於南京宣告成立後繼續進行對國民黨地方反蔣派系的戰鬥，使得中國得以在抗戰爆發之前，團結在蔣中正的領導下進行民族戰爭，可說功不可沒。而在與日軍爆發戰鬥之後，國民革命軍於美國對日宣戰的前四年始終扮演獨立對抗侵略者的角色，而且以傷亡320萬的代價，讓日本帝國的軍隊深陷在中國戰場的泥沼中動彈不得，也讓同盟國爭取到了兩年時間策劃對太平洋戰場的反攻行動，因而廣受當年的歐美領袖還有盟軍將領的肯定。

然而，國軍於抗戰期間卻也經常發生強拉戰俘以及高級將領吃空職責的醜聞，導致許多西方媒體產生厭惡感，從而在許多歐美出版品中給予國軍十分惡劣的評價。而史迪威等美軍駐華將領因信守「攻勢主義」信條，也對蔣中正的「空間換取時間」戰

---

[3] 革命軍，參考網站：http://zh.wikipedia.org/wiki/%E4%B8%AD%E5%9B%BD%E5%9B%BD%E6%0%91%E9%9D%A9%E5%91%BD%E5%86%9B。又，國民革命軍這個名稱通常只用在指民國初年至實施憲政前由國民政府創設、統轄、指揮的軍隊。現在的中華民國國軍則以總統為三軍統帥。以下相關革命軍資料，亦得自相同網站。

略無法認同，認為蔣介石遲遲不願意對在華日本軍隊進行大規模反攻是為了保存武裝力量在戰後對付共產黨。事實上，史迪威忽略了當時國軍的現代化水準尚不足與日軍進行大規模戰鬥，而許多戰鬥物資也被他本人把持在印度以進行對日反攻，這些都是國軍當時在日軍所發動的「一號作戰」中，難以抗拒日軍的關鍵性因素。而近年來，西方學者透過對新解密的資料進行研讀，逐漸肯定國民革命軍在第二次世界大戰中的貢獻，並開始將其視為同盟國在亞洲戰場上的主力。雖然中國大陸改革開放後，開始出現「正面戰場由國民黨領導，敵後戰場由共產黨負責」的主張，然而這仍然無法客觀反應抗戰的史實，因為當時國民黨系統的遊擊隊在敵後數量上是共產黨的4到6倍。而近年來，大陸的學界與民間也均傾向於將抗戰的貢獻歸功於蔣介石領導下的國民革命軍。

從簡短的資料回顧中，讀者可以得知，中國歷史上的革命軍功與過相伴，於大陸淪陷時隨著蔣介石退守台灣後，雖然仍舊扮演著捍衛台灣國土的角色，只不過，易名為中華民國國軍多年之後的今日，從莫渝新詩集作品中前兩輯「達達主義下虛擬國家的庶民／束民腐蝕繪」及「革命軍」所呈現的詩文裡，讀者依然可以看出軍旅陋習依舊的意象。尤其，莫渝以「達達主義」與革命軍相聯合，更加強了戲謔與嘲諷的張力，也呈現出莫渝過去執筆為詩文，「把現實生活的無奈與溫情，融入感動與批判作品中」[4]的那份創作執著。

---

[4] 《莫渝詩文集V》，頁99。原文刊載於1999年莫渝的〈笠詩人小評〉、〈感動與批判〉及2003年《嚮往和平》一書中〈莫渝簡介〉之文。

三、達達主義

　　研究西方文藝運動者可以得知，達達主義興起於第一次世界大戰時期，不管是視覺藝術、詩歌文學、戲劇和美術設計等文藝活動，無不受其影響。曾任台北市立美術館館長黃光男在《達達的世界》一書序言中開宗明義的指出：

> 「達達」這一項國際性的文學和視覺美術思潮運動，是在西元一九一六年於瑞士蘇黎世展開，由當時一群才氣縱橫和反諷的國際藝術家所共同倡導，短短數年間在歐美各地普遍受到重視而造成一股新潮。直到一九二二年於巴黎掀起高潮後才告一段落。達達主義者一致的態度是反戰和反審美，所以會如此，一方面是從專業的角度來看，他們對傳統藝術和文學以及立體主義和當時一些現代潮派都感到厭煩所造成，這項藝術史上的革命，其主要觀念乃在自傳統藝術的邏輯及既有的法規形式束縛中掙求解放藝術家所從事的各種實驗及創作觀，深深地影響了後世的藝術發展，引導出各種新的創作方向，開啟了現代藝術豐富的面貌以及世人廣泛地對藝術文學及日常生活更進一步的認知。（黃光男，1988，P6）

　　達達主義，20世紀西方文藝發展歷程中一個重要的流派，也是第一次世界大戰時顛覆、摧毀舊有歐洲社會和文化秩序的產

物。達達主義作為一場文藝運動持續的時間雖然並不長，但它所波及的範圍卻很廣，對20世紀的一切現代主義文藝流派都產生了影響。[5]藍劍虹在他的著作《許多孩子，許多月亮》中，對達達主義的進一步詮釋是：

> 把惡作劇發展到極致的，是一群叫做「達達」的藝術頑童。達達肯定了被大人世界所認定可破壞性行為，肯定了這個破壞行為所帶來的愉悅和樂趣。（藍劍虹，2009，頁110-111）

　　從莫渝新詩集《革命軍》作品中之意象所及，一個捍衛國土、保衛人民的「國軍」團體，被諷喻為一群「達達主義者」，如同「以愉悅和樂趣從事惡作劇性破壞的頑童」，那麼，這個國家的人民能寄寓政府當局給予甚麼樣的前途與希望？

　　以莫渝在此新詩集中的第一首詩〈水鄉澤國〉而言，原來是在讚美江南的富庶美景，卻被詩人用來引喻水災肆虐時的南台灣，結尾以「一時美言：／像極了秦淮河畔的水柔鄉」，反諷出這些「不常來」關照的為政者，以一種達達主義者「愉悅和樂趣」的態度，笑看深受水災之苦的浮沉眾生。民豈不苦哉？怨哉？

---

[5] 維基百科：達達主義，網站：http://zh.wikipedia.org/wiki/%E8%BE%BE%E8%BE%BE%E4%B8%BB%E4%B9%89

相反的兩極，如帶領人民衝鋒陷陣、改朝換代的革命鬥士與戲謔破壞嬉戲的惡作劇之徒，彷彿兩條互不交叉的平行線，卻在詩人牽扯拉引之下，迸發出極具諷刺的新意象，這也是多數詩人常常提到的意象挑接或嫁接的理論。在〈高官與庶民〉一詩中，從高官與庶民兩相不同／不等的境遇對比，或排比／擺置在同一首詩文中的前後，從濃烈緊縮的世相中，讓人錯覺，詩人儼然化身為達達主義者，以戲謔的畫／文筆，勾勒／雕琢高官與庶民的塑像，也讓人感知，身為庶民的詩人，以無奈的言語，抗議政府當局者的浮華虛偽。

庶民的無奈，古今皆同。而身為非社會菁英的庶民，常需要以一種無知或謬誤的「知足」來自我「常樂」與「苦中作樂」。以〈庶民的阿Q勝利〉一詩來看，莫渝詩人的敘述立場，或為一般常民、或為知識份子，或為阿Q本身，不同的角色輪替與敘述觀點的立場游移，已將如阿Q般的常民對當政者的揶揄、諷刺與自娛自樂的心態表露無遺。

然而，誠如史蒂芬・佛斯特（Stephen C. Foster）[6]在談論達達主義時所指出的：

> 在所有二十世紀的藝術運動中，達達是最具有威力的一個神話，一個由它和我們自己創造出來的神話。它甚至可以

---

[6] 史蒂芬・佛斯特，曾擔任美國愛荷華大學「達達藝術文獻及研究中心」主任。參見〈達達的世界〉（The World According to Dada）一文。

採納如下的聲音，對達達人而言，無論他們是否被掩埋於藝術和文學的傳統中，此神話在時間上及重要性上都要先於並又優於他們身為藝術家的「作品」。我們甚且可以進一步地提出，達達最偉大的作品恰恰是此神話，據此，達達其他的作品方得以徹底地被了解，不管是視覺的、語言的、或演出的表達方式。不論是諷刺性模仿的或激人發怒的，侮辱的或幽默的，教誨的或荒誕的，烏托邦的或褻瀆神祇的，他們的意圖極少例外的，乃是要履行其深切的感覺和認真的關懷。雖然他們以反藝術的姿態出名，但很明顯地達達大多數的作品仍具有真正的創造性，此創造性乃是走向自我毀滅的社會所迫切需要的。有許多，非常諷刺地，突顯於最美麗的影像中。

(Of all twentieth century art movements, it is Dada that bears itself most powerfully on a myth; a myth of its and our own creation. It might even be admissible to claim that for the Dadaists themselves, despite their embeddedness in art and literary traditions, the myth proceeded in time and exceeded in importance their "works" as artists. One might go even further and propose that Dada's greatest work was precisely the myth of which their other works become best understood as visual, verbal or performatory expressions. Parodistic or confrontational, insulting or humorous didactic or nonsensical, utopian or blasphemous, their intentions are, with few exceptions, exercises of deeply felt and profoundly serious concerns. Despite their reputations as anti-art gestures, most of the works bear a clear imprint of authentic creativity; creativity made imperative by a self-destructive society. They stand out clearly among the most compelling images of our century; many of them, ironically enough, among the most beautiful.（Stephen C. Foster, 1988, P18）

　　達達主義者，以不同方式進行顛覆與嘲諷，文人藝術家的情感如莫渝詩人者，則不同於達達主義的革命軍，其「深切的感覺和認真的關懷」，在詩人的作品中處處可見。〈水鄉澤國〉借古諷今；〈上京看戲〉以重複的劇碼暗喻重複演出的官僚作風；〈馬屁學校〉指陳馬政府的黑暗無能，雖然簡短但強而有力；〈高官與庶民〉、〈看得見與看不見的蟑螂〉及〈庶民的阿Q勝利〉等，於挪揄、對比中見真情。但是，不管是借古諷今或挪揄諷刺，如果沒有詩人真摯的情感轉化成平日的洞察與關懷，藝術技巧的呈現，勢必僅止於成為一場文字遊戲。

　　詩人之所以為文如此，除了對斯土斯民的關懷以及個人情感的抒發外，更是呈現出關注社會文化族群的隱憂。正如〈達達的世界〉一文之後，史蒂芬・佛斯特在〈達達與文化的批評主義〉（Dada and Cultural Criticism）中的論述：

達達洞察了自我處境：一次世界大戰中的德國是一大群沒有社會定位個人的組合，文化的失敗已剝奪了個體成立的可能，剩下來的重要問題是：如何應對這樣的世界。既然已經缺乏有秩序的正常社會，人們再也無法服從規範，只能求存活。在一個毫無限制的環境中，達達成為個體隨時試圖達成並維持平衡的象徵。

（Dada's insight was that World War I Germany was composed of masses of individuals with no salvageable social orientation. They did not need to advocate individuality since that was all that remained. The more important question was how to cope with it. Since the transaction of a stable and predictable environment was no longer present as an option, the imperative be undertaken on an immediate and personal default than by design, to creative survival. Dada became a profound symbol of an openment basis, tried to achieve and maintain a balance…… at least for the individual responsible for the action.）（Stephen C. Foster, 1988, P56）。[7]

　　台灣的政治與社會文化，隨著2000年的總統大選，藍、綠兩黨政權的更替，民主體制似乎已朝世界先進國家潮流邁進，然

---

[7] 《歷史‧神話‧影響：達達國際研討會論文集》（International Conference, Dada Conquers！The History, The Myth, and The Legacy）。

而，曾幾何時，2008年大選綠營挫敗，「他馬的」（見〈單人革命份子〉）團隊使一時舊有官僚、「馬」屁文化、權貴文化（見〈馬屁學校〉、〈庶民的阿Q勝利〉），紛紛復辟且欣欣向榮，終致使國家淪為衍生／繁殖蟑螂的機器（見〈看得見與看不見的蟑螂〉）。「藍」天重現本土，但諷刺且令人悲哀的是，「民主自由」卻退化成國際笑柄，[8]「白色恐怖」的夢魘彷彿捲土重來，智識之士，人心憂惶。而詩人的憂思，毫無疑問地，在新詩集中的前兩輯，「達達主義」與「革命軍」，藉著兩者意象相互對比呼應的詩文，對於當前失序的社會文化關懷已展露無遺，並且試圖以文字之針灸，診療台灣社會當局的諸多病症，以回復社會的平衡秩序。〈單人革命份子〉顯示出對當前政府的不滿與「個人」的革命方式，寄寓出詩人對時局或內在精神的反應／映。「個人」的革命如斯進行，越來越多的「個人」勢必成為一股強大的力量。〈櫥窗〉以窗裡窗外分界，隱喻執政者編織但卻漸行衰微的謊言，對比窗外「越來越多」覺醒、集聚的「個人」群體，即將拆穿偽裝者的真面目。〈追殺牛頭馬面〉一詩中的「黑

8　參見網站：民主 "昆蟲：http://insectlin.wordpress.com/tag/民主/，以及哈佛之恥——綠色青年部落：http://tw.myblog.yahoo.com/jw！7_WcEYmAHwNNsBrErbA-/article?mid=3364。後者網站載述：馬英九「缺乏國際觀之外，拒絕達賴來訪的馬英九，更讓他的哈佛老師孔傑榮丟臉。愛徒當選總統，本是美事一樁。但是馬英九在哈佛的「職業學生」爭議，先前已經讓老師為難；馬當選總統後，台灣出現明顯的民主退步、自由淪喪的現象，「逼得」孔傑榮投書台灣、香港媒體，不無提醒之意。沒想到字墨未乾，馬英九又「統」出一個公開拒絕達賴喇嘛訪台、形同退出自由民主國家圈的重大宣示。這不但讓老師孔傑榮丟臉，更是學風開放自由的哈佛大學之恥。

名單」，很快的讓人想起歷來朝代更替，敵我兩方相互消長的例律，也不禁讓人想起台灣人民文化與社會菁英慘遭血洗的白色恐怖事件，而令人擔憂的是，白色恐怖是否即將捲土重來？

四、結語

2009年10月，台中教育大學舉辦「2009後浪詩社與台灣現代詩學術研討會」，[9]筆者受邀撰寫論文而發表〈莫渝作品研究——四季的容顏〉一文，個人根據當下探討的詩作，並參酌多位學者，如：洪醒夫、陳明台、蔡秀菊、李魁賢等，甚至是詩人莫渝對自我作品創作與風格的剖析，筆者當時發現，詩人莫渝的詩作保有慣性的特質，離不開「平實、親和／溫和」與「偏向藍調式的音韻」。然而，2009年的歲末，筆者於《革命軍》詩集中卻發現，詩人的風格已然邁向新的里程；雖然詩作語言仍舊多屬平實「易感」，但是充滿矛盾、弔詭的（paradoxical）[10]內容與極盡諷刺、隱喻的意象，使得「昂揚的氣慨」[11]不時浮現在新詩集作品的字裡行間，而帶給舊雨新知嶄新的一頁。

---

[9] 台中教育大學語文教育學系於2009年10月23日~24日舉行。

[10] Paradoxical，弔詭的，或譯為「似非而是的」，是文學作家常喜用的一種手法，莫渝在此詩集作品中，從對比的視角與敘述，或者以古諷今，多處運用了弔詭的創作方式，如描寫「阿Q的勝利」，及「天天都過復活節」，〈百變領導〉中的「傳聲筒代言／不能算是由它的嘴巴溜出」等，都是極具諷刺與弔詭的內容。

[11] 女詩人蔡秀菊曾經評述莫渝的作品「易感，沒有昂揚的氣慨；平實的情感抒發，沒有絢麗的華彩」。參見《莫渝詩文集V》，〈臨水的繆斯〉之文，頁460-471。

史蒂芬・佛斯特對達達主義者的另一個詮釋是：

> 達達的目標在於「摧毀人類理性受到的蒙蔽，而恢復自然的和非理性的次序。達達欲以不合邏輯的，沒有意義的，取代今日人們之邏輯的無意義。
>
> （Dada aimed to destroy the reasonable deceptions of man and recover the natural and unreasonable order. Dada wanted to replace the logical non-sense of the men of today by the illogically senseless.）[12]

　　有趣的是，筆者覽讀詩人的新作過程中似也發現，莫渝以詩文明批暗評達達主義的革命軍之同時，竟也展現出一達達頑童的身影姿態，在巧妙的運用衝突、荒謬等對比意象以及揶揄、諷喻之餘，嘗試摧毀目前台灣執政者建構的假面具以及缺乏意義的邏輯理念。在詩人創作過程中，這也是相當弔詭的，不是嗎？

2009.12.06

---

[12] 出自史蒂芬・佛斯特之〈達達的世界〉（The World According to Dada）一文，見於《達達的世界》一書，頁18。

參考資料：

藍劍虹著。《許多孩子，許多月亮》。台北：晴天出版，2009年9月。

黃光男發行。《達達的世界》（The World According to Dada）。台北：台北市立美術館，1988年6月。

黃光男發行。《歷史‧神話‧影響：達達國際研討會論文集》（International Conference, Dada Conquers！The History, The Myth, and The Legacy）。台北：台北市立美術館，1989年6月。

莫渝著。《莫渝詩文集I~V》。苗栗：苗栗縣文化局，2005年4月。

參考網站：

革命軍：
http://zh.wikipedia.org/wiki/%E4%B8%AD%E5%9B%BD%E5%9B%BD%E6%B0%91%E9%9D%A9%E5%91%BD%E5%86%9B

民主昆蟲
http://insectlin.wordpress.com/tag/民主/。

哈佛之恥——綠色青年部落：
http://tw.myblog.yahoo.com/jw！7_WcEYmAHwNNsBrErbA-/article?mid=3364。

達達主義：
http://zh.wikipedia.org/wiki/%E8%BE%BE%E8%BE%BE%E4%B8%BB%E4%B9%89。

詩的社會性與戲擬
——談莫渝的《革命軍》

林盛彬

一、詩的社會性

　　中國當代學者、女詩人鄭敏在一篇題為〈詩人必須自救〉的文章裡提到：「人一旦完全對人類淡漠了，也就不再有做為一個『人』的生存意義，也就永遠失去了自己。在『人』與『人』之間必須維持一種張力，若即若離，相互關懷與思念而並不合一。既不能讓集體吞噬個人，而個人又不能沒有集體發出的許多振波而仍有生意。純個人的詩與純集體的詩都同樣不會存在。二者所反映的是同一種個人與集體二元對立的舊式思維。」[1]審其意，詩不應該只是潛入個人原慾世界的自我滿足，或流於以「為藝術而藝術」之名的自慰，而無視於生存環境周遭的變動。同樣地，詩也不應該成為集體意識的宣傳工具，甚至盲目地淪為特定權利階層的御用武器。我們也可以說，這兩類的詩，一個是目中無「人（性）」，一個則是言語無「（良）心」。而鄭敏認為

---

[1] 見鄭敏，《詩歌與哲學是近鄰─結構-解構詩論》，北京大學出版社，1999年，頁300。

詩的社會性與戲擬——談莫渝的《革命軍》　133

這兩種詩「不會存在」之意，只能說是對那類詩作的否定，因為那種詩，是經常存在的，尤其是在一個人性價值與生命尊嚴不被重視的時代與社會，就更明顯。記得有一次在北部笠同仁的聚餐時，趙天儀老師說過：「要不是活在這樣一個不公不義的政治環境，我們何嘗不願寫一些較甜較溫馨的詩。因為良心驅使，我們只能選擇寫一些不討好的題材。」這裡所謂不討好的詩，就是指一些批評或反映「人」在政治權力與社會價值面前萎縮、被扭曲的作品。而討好的詩，其實就如鄭敏所批評的「純個人的詩與純集體的詩」；這類詩人經常似是而非地宣稱：「讓藝術的歸藝術，政治的歸政治」。這種聲音應該是用來對掌權者呼籲的，提醒權力集團不要假借政治利益、社會假象的和諧，去打壓藝術創作的自由，甚至大興文字獄。而不是用以鼓勵藝術家走進象牙塔，不問人間的醜惡，或者用以嘲笑踐踏社會良心。當然，有人願意無視真實世界躲進象牙塔，也必須被尊重。藝術家批評的目的，本不是為了寫作題材本身的聳動，而是為了期待一個更美好社會的渴望。這些具有正義感的詩人藝術家所展現的態度，其實就是孔子「知其不可而為之」的精神。有一次，孔子碰見隱者長沮、桀溺在耕作，就請子路去向他們問路，隱者知道是孔子的學生，就諷刺孔子說：「滔滔者天下皆是也，而誰以易之？且而與其從辟人之士也，豈若從辟世之士哉？」，意即濁世橫流，憑個人的力量，改變得了世界嗎？並勸子路，與其跟從孔子那種拒絕惡人的導師，還不如來跟從他們那種拒絕亂世的隱者。子路據實

告訴孔子，孔子感慨地說：「鳥獸不可與同群，吾非斯人之徒與而誰與？天下有道，丘不與易也。」意思就是說，人不是鳥獸，怎能躲起來跟動物為伍呢？如果世界是那麼和平公義，我就不須知如此呼籲指正了！詩人活在社會之中，回應社會本是自然的事，但當他是為了人性尊嚴與生態倫理發聲時，卻也常會招來「藝術的歸藝術，政治的歸政治」之譏，認為有社會負擔的詩人是「不務正業」、「污染」藝術殿堂。然而，孔子在回答「子奚不為政」的提問時，不也說過：「《書》云：『孝乎！惟孝，友于兄弟，施於有政。』是亦為政，奚其為為政？」（《為政》）意思是說，在家能孝順父母，友愛兄弟，推於其餘，這就是政治了，還有什麼其他的政治呢？藉孔子的話說，在文學藝術中展現人類靈魂對美善的終極關懷，那就是政治，此外，政治還要做什麼呢？那就是「愛」的表現。而那些隱者的現代版，不就是那些闊談「藝術的歸藝術，政治的歸政治」之輩嗎！他們對自己的良知刻意聽而不聞，對欠缺公平正義且無教養的外在世界是視而不見，或者躲在文字堆砌的閣樓裡孤芳自賞、自嘆自唉，或者棲身在既得利益中麻木不仁。《聖經・馬太福音》（22:15-22）記載法利賽人問耶穌，既然是要傳神國的道，那麼可不可以納稅給凱撒。法利賽人之意，是想就耶穌的話陷害他。耶穌自然知道其意不善，就請人拿出一枚錢幣，上面明顯是刻著凱撒的像、凱撒的號。理所當然稅就當納給凱撒，而有「凱撒的歸凱撒，上帝的歸上帝」之說。然而，耶穌之意，並非把神的道與人間事物截然分開，兩者是相行不悖的；神的道要傳揚，羅馬的稅還是須繳

納。同樣地，藝術的本質要維護，生存環境的變化也要關心，這原本是很自然的事。譬如智利詩人聶魯達（Pablo Neruda），其《二十首情詩和一首絕望的歌》固然吸引人，然其偉大之處還在於那些反法西斯、維護人的生存自由與尊嚴、對土地與文化的尊崇，如《大地之居》（Residencia en la Tierra）、《漫歌》（Canto general）之類的作品。當然，關懷社會、弱勢團體，乃至於抵抗威權的詩，不僅不討好，而且也很難寫得出色。西班牙詩人阿貝爾帝（Rafael Alberti）成名於一九二七年代，但他在內戰後流亡期間寫的「政治詩」，並未獲得太多的正面評價。儘管如此，這類題材的作品，跟鄭敏所言的那兩種詩，同樣地會出現在所有的國家社會中，即使聲音微弱，也從未消失。這些詩人作家之所以選擇「吃力不討好」的寫作，一般只是因為良心與社會責任感的驅使。的確，「有良心的作家不會在一個不公不義的政權下保持沉默。」拉丁美洲作家如此堅持，不表示拉丁美洲沒有鄭敏所不贊同的那兩種詩人。在台灣，當然也不會例外，儘管許多人在既得利益與權勢下，選擇虛無的「唯美」與虛假的「隱惡揚善」，但還是有許多人選擇為真理公義說話。鄭敏所言，正是阿多諾（T.W.Adorno）所說的：「藝術作品的真實性在於它們是對擺在其面前的、來自外界的問題所做的回答。所以，只有在與外界張力發生關係時，藝術中的張力才有意義。」[2]阿多諾指出藝術家之「真實」問題不在於只是單純地為了「言志」或「言

---

[2] Adorno,《美學理論》，四川人民出版社，1998年，頁9。

情」而「賦」（寫作），必也因應生命情境的轉折而「比」而「興」。同時，此言也觸及了藝術本身的張力問題，那張力的產生不只是語言的運用，還應該與外界張力發生關係，意即對外界事件或現象的反思與反映，那樣的張力才有意義。也可以說，藝術性固然以語言文字的選擇與佈局來表現，其內容若缺少對真實生命的關注與回應，也很難讓人得到安慰與感動。缺乏生命真實感的作品自然會在歷中被遺忘，但這不是文學藝術的重點，因為文學藝術的價值，在於它歷久不衰地讓人在歡樂中更加意氣昂揚，在困境中得到安慰、看見希望。

莫渝的《革命軍》收錄的詩雖不是很多，卻仍分出九輯，其中較讓人注意的，除了〈輯二〉的標題與詩集同名外，「達達主義」一詞分別出現在〈輯一〉與〈輯九〉。依查拉（Tristan Tzara）於1918年發表的〈達達宣言〉（Manifeste Dada）所標榜的：「達達沒任何意義」（Dada ne signifie rien）[3]。莫渝借用為「達達主義下虛擬國家的庶民」、「達達主義下虛擬國家的政壇顯影」，分別點出「庶民」與「政壇」的「虛擬」現象，明顯意味著對一個「虛擬」般「國家」及其價值判斷的質疑和否定。如果作者是從這層意義出發，那麼針對被批判對象所有作為之意義的否定與解消，就是《革命軍》內容的基調。譬如〈束民的阿Q勝利〉，把「庶民」改成「束民」，固然有從一般變成束縛之

---

[3] Gonzalez Garcia, Angel y otros（ed.），Escritos de arte de vanguardia, Madrid:Ediciones Turner, 1979, p.172。

意，但是「庶民」有沒有自覺自己的被「束」，卻是個重要的議題。莫渝寫道：

權貴樣樣精通

在冷暖氣房裡活動

擠不出汗

坐領月薪30萬

等於日薪10000

時薪1250

束民阿Q無一技之長

撿到零散的打工機會

時薪80

高興碰到好運氣

客人留下一份舊報紙

阿Q抽空翻讀，認出幾個字：

「本市大廟徵求大豬公

豬公比賽　得獎者獲頒神豬獎」

要飼第一名的豬公

需要冷氣房

需要大量的進食

原來大廟靠大豬公加持

阿Q微笑了

笑得很阿Q

接著想

我的80大他的30

阿Q又笑了

笑得很勝利

——《笠》267期　2008.10.15

　　詩中以權貴的優越條件對比了底層弱勢人民的困境。這些人民在時薪80元的臨時工作面前，覺得自己運氣還不錯；而在對照權貴的月薪30萬時，則阿Q式地覺得80大於30。然而，這不僅不是一群樂天知命的人民，而是一群只能靠黑色幽默解決困境的弱勢人民；在80與30之間，不也影射了權貴們不公不義的齊頭式平等、隱藏真相的數字遊戲。這些現象就是「虛擬」國家的現實。此外，作者也以賽豬公與權貴的生存環境等同，「大廟靠大豬公加持」，暗指虛擬國度也需要「神豬」型的稀有權貴撐場面。只是這些現象都是「達達」，都「沒任何意義」。這只是其中一例，我們在此無意對詩集作品做全面的分析詮釋，只藉此說明此集中所彰顯之否定與消解的意義。

　　雖然在笠詩人以及為數不少的台灣作家之中，經常可以看
到這類的詩文。但讀著莫渝的《革命軍》，是有幾分驚奇。莫渝
自我界定為「現實主義人文關懷的台灣詩人」，儘管是現實主義
者，但他的詩給人的印象總還是以婉約的抒情方式來表達社會與
人文的關懷。在此詩集中，大半的作品都是以影射諷刺的方式呈
現，譬如〈百變領導〉：

　　　當上領導　袖子特別長
　　　長袖善舞
　　　袖裡賣乾坤

　　　當上領導　鼻子特別靈
　　　聞出上風處
　　　毒氣自行閃開

　　　當上領導　眼睛特別瞎
　　　瞎子摸象
　　　民眾允許他摸東摸西

　　　當上領導　嘴巴特別厲害
　　　經得起辯證
　　　今天的嘴巴打昨天的嘴巴

後天要說的

先遣傳聲筒代言

終究

不能算是由他的嘴巴溜出

（2009.02.20）

　　其詩味充滿諷刺的辛辣，卻又看不見任何一個字帶有辣椒的
顏色。然就詩的語言來說，此作非常口語，可謂「詩骨」無存。
前四段句首以「當上領導」重複，引出後面的轉變與怪現象；袖
子、鼻子、眼睛、嘴巴都是「領導」的代喻，每一器官特徵都很
「特別」，以示此「領導」的不同凡響。只是那些特別之處都導
向其內在的人性弱點：詭詐、自私、無知、狡辯。末段總結「領
導」的「潔身自愛」，如置身在無菌室，與世界的齷齪沾不上任
何關係，凡事由「傳聲筒」概括承受。這種詩像海報效果，焦點
集中，有針對性。這種寫法很像西班牙裔的秘魯詩人卡維耶德斯
（Juan del Valle Caviedes, 1645～1697）的風格，他在一首題為
〈為了在宮中鑽營財富〉的十四行詩說：

　　為了在宮中獲得好評價

　　就得會說點謊言，

　　再加半點無恥的諂媚，

　　還要多二分的正點小丑，

加三分的密告
還要四分的漁翁得利搬弄是非，
更要五分的饒舌散佈流言，
譴責那些個作品和行為。

對大爺，或者他服伺的總督大人
不管講多少話都只是不斷地阿們；
而越說就越胡扯，

要求用力鼓掌拍手；
如果繼續如此便宜行事，
在宮中就要什麼有什麼。

　　除了格律與韻文的形式之外，卡維耶德斯也借修辭手段，用層遞的方式把人的劣根性像波浪一樣，推向海岸，只是作者並沒有讓那樣的形象破碎，而是讓諸惡凝結，諷刺地以「只要如此這般厚顏無恥，就可以左右逢源」作結。莫渝的〈百變領導〉也是以堆砌的方式把「領導」的形象堆高，末段也不是以拆掉「百變」的面紗收場，而是更高段的「分身術」讓「領導」永遠像尊活動的銅像一樣，飄在半空中。這樣的批評方式雖然「詩意」淡薄，我們可以說，這是莫渝的諷刺風格。

二、「革命份子」的戲擬

在《革命軍》這名稱之中，我們可以推想整部詩集的精神。我們可能會問：莫渝以「革命軍」這麼「硬」的詞彙為詩集命名，是要革誰的命？我們從其內容看，卻發現那是一場極度荒謬的「革命」，他所使用的「革命份子」，有異於一般的認知，在本質上產生了一些變化，已非一般的認知義，而其對象與屬性也不是單一的。「革命份子」一詞在這裡所承擔的角色是既特別又詭異，讓人產生一種特別荒謬的印象。這種意義與角色的轉變，就如同「達達」一樣，其目的不外是用以嘲弄掌權者的「威權心態」和「全民公敵」的焦慮與想像。雖然是「虛擬」的，卻真的是十足的荒誕，而我們也真的想問：「革命份子」在那裡？

　　誰都沒有料想到

　　行人與路客都被當成預謀的暴民

　　一律貼上標籤：革命份子

　　在自認安全無虞的櫥窗內

　　一小撮的掌權者

　　輪流出現

　　展示御用品

刀片鐵蒺藜栽滿四周

穿防彈衣的掌權者

踱來踱去

隔著稀薄的空氣

發出顫顫不順的聲音

誰都沒有料想到

櫥窗外

革命的力量勢如破竹

閒散份子慢慢圍攏

堆高

想一睹櫥窗真相

——〈櫥窗〉

　　「櫥窗」，原本是店家或百貨公司商品展示的門面，在這裡彷彿變成了城堡，暗喻了階級與權力的展示場所。櫥窗原本的作用是吸引路人的眼睛和注意力，以求將商品推銷的意志轉化成顧客的需求，意即將業者、商品、顧客連成一體。但櫥窗在這裡卻神經質地把內外隔開，變成兩個對立的世界：「行人與路客都被當成預謀的暴民，一律貼上標籤：革命份子。」在此詩中，所謂的「革命份子」，並無主體意志，而是相對於掌權者的威權維護

中可能的「嫌疑犯」、「恐怖份子」，是用以歸類的負面標籤。所謂的「革命份子」，在這裡不過是一群路人甲、路人乙。而且那標籤所代表的並不是路客有意識的角色扮演，而是由一小撮掌權者所虛擬賦與的，這種賦與是來自掌全者的缺乏安全感，以致產生幻象、「草木皆兵」的憂患意識所致。在二、三段中，掌權者躲在自認安全無虞的櫥窗內，一來是為了展現自鳴得意的權力，另一方面也是在「全民公敵」意識上的對號入座，才需「穿防彈衣」且四周栽滿了「刀片鐵蒺藜」。而「隔著稀薄的空氣／發出顫顫不順的聲音」，還透露出些微「名不正，言不順」的焦慮。這一切像一齣鬧劇、荒謬劇，作者戲擬（parodia）了一群顧預而自命不凡的政客，把另一群更龐大的，想要「一睹櫥窗真相」的「閒散份子」，慌亂地虛構成一批革命軍。首段和末段呈顯了所謂「革命份子」的特質：閒散好奇。此外無他。偏偏碰上一群荒謬的執政者，把櫥窗外的人都當成可能的暴民。「櫥窗」既是掌權者作秀場所的隱喻，也是濫權者荒謬的舞台；把櫥窗視特權的標誌與權利宣示的場所，其外的人民變成威脅政權的假想敵。而這些現象，卻是「誰都沒有料想到」的事：掌權者會把「行人與路客都當成預謀的暴民」，偏偏那些「閒散」而好奇的份子，看到那裡有人潮（包括紛爭），就往那裡擠。詩既掌握了群眾心理，也暗示了閒散的群眾不只是好奇，或者瞎起鬨，他們也「想一睹櫥窗真相」。換言之，真相是隱藏不了的。這是2008

年的作品，相對於他在這之前所用的語言，此詩的文字顯得更白
更口語，譬如：

永恆的槍聲
　　　──致畫家陳澄波（1895～1947）

槍聲劃破街頭
車站廣場留下永恆的印記
沾染血腥的圍觀眾人
寒噤

早春的太陽，冷冷觀看
不能有淚的家屬
抬走不再溫暖的軀體

嚎啕
留在深夜裡
留在絕筆畫〈玉山積雪〉

　　這是2006年6月追念陳澄波在二二八遭難的作品，作者在短
短的幾行詩中，重點地素描了嘉義火車站處決的現場，以及家屬
被壓制的哀痛。作者在這裡沒有用諷刺、譴責的口吻，僅以淡筆

勾勒的方式，表現那種蕭殺冷峻的氛圍。雖然明白易懂，他在用字遣詞上還是有所斟酌，而非口語式的組織，譬如，「不能有淚的家屬／抬走不再溫暖的軀體」。從這裡來看莫渝的〈櫥窗〉，一句「誰都沒有料想到」非常口語的驚嘆，引出一齣極短的荒謬劇。作者除了藉著一群閒散好奇的「革命份子」，對另一小撮無能、傲慢而神經質的掌權者挖苦嘲弄與戲擬。

「革命份子」除了來自掌權者的焦慮想像，還有另一類雖非真正的革命者，也非被「貼上標籤」的可疑份子，而是意在貫徹其批評與抗議意志者。這種「革命份子」即是〈輯二〉的第一首〈單人革命份子〉：

> 他，遊走地面
> 他，暴露身份
> 他，無視制式的蠻橫恫嚇
> 他，不理路程的短長坎坷
> 他，自來自往
> 這裡，是他的家園
>
> 他是Sandwich man
> 胸前：驅逐無能
> 背後：打倒無恥
> 他在四方形街道打轉——

安全免費的健康步道
──保持戰力，長時漫步

順民，他不是
他拒絕逆來順受
選擇逆時鐘方向繞行

表情欣然
內心唸唸有詞
他馬的　他馬的
他馬的　他馬的

他的腰間繫攜發光體
他是「死間」
走在大地的腳
一如深入土裡的樹根
盤纏交錯

不需多久，地表終會
冒出蒼綠的森林

這裡的「革命份子」不同於〈櫥窗〉的「革命份子」。這裡所指的是一種身上前後掛著標語看板的「抗議人士」，像三明治一般，前面夾著「驅逐無能」，後面貼上「打倒無恥」。這種人勢孤力單，是社會的弱勢，但求社會公平正義。是契而不捨，屬於「知其不可而為之」型的人物。其訴求明白，身份清楚。他們抗議的方式只是和平式地像塊活動看板，在特定區域繞著「四方形街道打轉」。這種人不接受摸頭安撫，也無視於威脅恫嚇。雖然這種人可能被權力集團視為「問題的製造者」，但在詩人眼中卻是未來希望的指標：「走在大地的腳／一如深入土裡的樹根／盤纏交錯／不需多久，地表終會／冒出蒼綠的森林」。這種人站出來抗議，可以是因為沒有反應的管道，可以是因為反應也無人正視理會，也可以是因為政府單位太過官僚，手續煩瑣冗長。但基本上，他愛這塊他所賴以生存的土地，不願見她腐壞，而掛著三明治標語站出來做「無聲的抗議」。此詩雖以「革命份子」為題，卻是作者的觀察加上一點對未來抱持希望的感動，除了表達一些內在的不滿之外，其諷喻方式是間接的，抗議份子雖然身掛「驅逐無能」、「打倒無恥」，但並無實際的訴求對象，直到兩段之後，作者利用諧音的方式，在抗議者「表情欣然／內心唸唸有詞／他馬的……」中才帶出來。〈單人革命份子〉的抗議者不管是在什麼樣的時代都會繼續存在，然而〈櫥窗〉的「革命份子」，卻是獨裁或集權政體下的特殊產物。

還有另一種「革命份子」，既非表明身份的Sandwich man，也不是被想像、被貼標籤的閒散好奇份子，而是一種時尚的追求者。這種人類似快閃族，說不上是叛逆性格，但絕非順服或沉默的大眾。那是什麼樣的族群呢？莫渝的〈城市遊擊隊〉如是描述：

城市的遊擊隊員

閃入革命家超商

飲Che Guevara牌礦泉水

餐Che Guevara牌便當

還帶出幾罐Che Guevara牌罐頭

城市的遊擊隊員

動作敏捷　機靈

快速躲閃跟蹤者

不似慢吞溫和的民進黨人

城市的遊擊隊員

背著小學生書包

包包裡裝滿

騎摩托車的切・格瓦拉的英姿海報

詩只有三段，從字面意義我們並不容易理出他應該屬於那一種人，但可以肯定的是，這些人「動作敏捷」，很「機靈」。從「不似慢吞溫和的民進黨人」的比較中，可以判斷那種「動作敏捷」與「機靈」，不只是因為身體上的年輕，還包括精神與觀念上的年輕。這裡是否在挖苦民進黨人，並不是很明確，但是這些人必定是一些充滿熱情與理想的一群。「城市遊擊隊」，只是個表象意義，Che Guevara卻是個精神符碼；礦泉水、便當、罐頭等不過是「切」的精神與崇拜，是這些「城市遊擊隊」的精神糧食的代稱。而「小學生書包」則意味著他們的年輕與單純。

　　在新千禧年的第一個十年末期，莫渝選擇了這樣的名稱做為詩集之名，詩的語言也傾向口語式的表達。這詩集所錄的作品都是近兩三年的新作，相對於之前的詩語言，不問內容是否是「革命」的，就他自己的詩語言使用上來說，也算是對自己的一場小小「革命」。

詩的政治閱讀
——詩集《革命軍》後記

有人說：文學歸文學，政治歸政治。

實際上，文學活在政治氛圍裡，甚至可以直言：文學活在政治陰影的威脅利誘下，否則，何來宮廷詩人御用文人？何來噤若寒蟬與流亡及黑名單？

文學寫作是現實社會裡的人生作業，無法擺脫周遭環境的空氣。這些空氣，吸多吸少，仍受政治巨杵攪拌的清濁程度而定。

政治與政壇有異。個體，或許可以不介入政壇，應該是政治關心人與觀察員，乃至記錄者。眾人疏離政治，反而讓專搞政治的那一夥，袖裡乾坤，藏污納垢。

在一次談詩場合，自我界定為：現實主義人文關懷的台灣詩人。關懷社會。社會，不就在國家機器運轉的空間？誰能脫離社會？

清晨，每日最清醒的獨自時間，騰出部分進行慢跑的晨課，一邊運動，一邊思維。

詩集《革命軍》的部份作品由此出現。詩集《革命軍》的印製雛型也如是萌生，時間是2009年11月4日。11月6日，接秀威姣

潔電話談《關於廢名》書事，猶豫一個多禮拜後，與談起，獲得共鳴，終於行動。

猶豫，是考慮出版的意義何在？這些薄弱的作品，算「政治詩」？「抗議詩」？「新聞詩」？我寧願他們就是純粹「詩」。回看台灣詩壇，林燿德的詩〈革命罐頭〉出現於1986年，那是走進便利商店人人可以自由購買開罐的知識食品；徐望雲詩集《革命前後》出現於1992年，作者為「革命」覓得說詞：每一顆即將或已被點燃的革命火種，都內涵著「愛」的因子。

革命，因為愛，且為了掃除恨。有許多人（包括名人），口說愛台灣這塊土地，卻踐這塊土地，恨這塊土地。

單純的詩集，需要其他的附加質？還是找人壯膽？

感謝幾位學者詩家的評文及好友劉岱昀的插畫，缺少他（她）們的助力，詩集《革命軍》只是不起眼的印刷品。我擔心過這些微弱文字能否供評論家覓得切入點。法國詩人波德萊爾（Charles Baudelaire,1821～1867）說過：「把你的污泥給我，我將之鑄成黃金。」他（她）們都擁有「化腐朽為神奇」的功力。他（她）們都是傑出的讀詩人。從酷冬到綠春，感謝評文作者與插畫者的推力，我壯膽地提出詩集《革命軍》。

在自己的土地上，的確，文學源自自己的土壤。每回重讀1992年諾貝爾文學獎得主詩人沃克特（Derek A. Walcott）的詩句：

我怎能面對屠殺而無動於衷？

我怎能背離非洲而安心苟活？

內心總會激盪不已。

內心長住的願景是：在這塊我們的土地上，不要出現背離、漂流與屠殺。

查拉與〈達達之歌〉

查拉（Tristan Tzara, 1896～1963）

　　查拉，原籍羅馬尼亞的法國詩人，1916年2月在瑞士蘇黎士服爾泰酒店同幾位流亡的文學青年，組織「達達」文學團體，次年，由查拉編輯《達達》雜誌，稍後，把文學與藝術活動推展到巴黎，形成達達主義的流派。1923年最後一次集會，成員轉向超現實主義。

　　「達達」（Dada），是兒語「馬」的意思，做為文藝組織，並無意義，當初是這幾位文藝青年從詞典中隨意翻查覓得的，表現出他們無所謂的態度，進而否定既有秩序，對任何事抱以虛無方式處理，內心則流露出空虛無聊、徬徨。

　　這首〈達達之歌〉是查拉1919年作品，可算是達達主義的一篇宣言詩。

達達之歌

1

達達主義者的歌聲
內心有著達達
歌聲太勞累了他的原動力
內心有著達達

電梯載來一位國王
遲頓脆弱獨立的
他切斷右胳臂

送給羅馬教會

這就是為什麼
電梯
內心沒有達達

吃吃巧克力
洗洗你的腦袋
達達
達達

喝喝水

2

達達主義者的歌聲
不快活也不悲傷
他愛上自行車女騎士
不快活也不悲傷

但元旦這天，丈夫
知道一切，慌亂中
將他倆軀體裝進三隻手提箱
送往梵蒂岡

無論是情人
還是自行車女騎士
都不再快活也不悲傷

吃吃好腦袋
洗洗你的士兵
達達
達達

喝喝水

3

自行車騎士的歌聲

是內心的達達

因此是達達主義者

如同所有內心有達達的人

一條蛇戴著手套

很快地關上氣門

戴上蛇皮手套

過去擁抱教皇

這就涉及到

花彩的肚皮

內心絕無達達

喝喝鳥兒的奶

洗洗你們的巧克力

達達

達達

吃吃小牛肉

詩人的聲音
——「榮後台灣詩人獎」得獎感言

　　是堅持，抑無奈，難以確定；有時肯定對文學終生不渝，有時竟自怨的懷疑文學僅是飄忽縹緲的死堆棧。

　　對文學的興趣，該由吉田絃二郎的〈思母〉和許地山的〈落花生〉二文引發的吧！前者為小學五年級時的國語試卷閱讀測驗的文章，後者在初中一年級的國文課本。這兩篇抒情短文，加上「詩情畫意」的誘導，懵懂地闖進詩園文壇，且擺盪了近三十年。

　　三十年的歲月，栖栖遑遑，既有戀，也無常，總盼留下履過的痕跡，與認真的做些事。為此，我分執三枝筆：寫詩、品詩、譯詩。寫詩，傳達自己的戀與無常，品詩、譯詩，則是重疊與引介他人的生活經驗，表現技法。

　　不曾失業、流浪過，但一直嚮往台語的「迌迌人」的行徑。人的哲學就是流浪漢的哲學，遊戲人間，有酸有澀。縱情詩壇，馳騁文學界，只能以文學迌迌人自居，淡化人間的浮華虛榮。文學中的流浪意識，相同於歐洲中世紀行吟詩人浪遊與飄泊，他們具有一般人缺乏的勇敢，卻有深一層的現實無奈。看到前輩畫家張義雄的藝文報導——無露水也開花，這是辛酸的堅持吧！

　　這般堅持與無奈，只得假借陶淵明「縱浪大化中，不喜亦不懼」的曠達，渲洩與洗染了。

　　野獸受傷，並無醫物療治，端賴自我舔吮；懵懂青衫時期，接觸廚川白村，頗認同文學是苦悶的象徵；年歲愈大，轉而相信文學是療傷的象徵。

　　因而，在堅持與無奈的兩岸之間，我這個文學迢迢人駕御的小舟，緩緩地泛流。

　　上述短文是1990年代初，撰寫的〈沒有掌聲的堅持〉，曾安置在散文集《河畔草》之後記。也許有點自艾自怨。更早，最初詩作〈歌之奈何〉與〈黃昏鳥〉，也有相似的感歎，第一冊散文評論集，書名《走在文學邊緣》，同樣表明自己在邊緣寫作、發聲。類似此，去歲暮，擬定今年詩寫作的總標題「仰光或背光」，即暗示自己朝「背光」處行走。

　　在低迷的氣氛與氣壓下，3月30日晚間，正在構思〈憂鬱的荒原〉，接獲電話通知，榮後台灣詩人獎頒給我，心情微微起伏，心中卻無喜悅之情。這話，或許對基金會不敬。隨即思考著：在當前這樣的年代，需要詩人的什麼聲音？詩文學寫作的社會意義何在？我的作品傳達了哪些？長輩、同輩甚至晚輩們，如何看待我的「作業」？

　　回顧自己的文字寫作，在一些書刊簡介，記錄自己「長期與詩文學為伍，閱讀世界文學，關心台灣文學，建構苗栗文學。

粗略劃分：1960年代開始寫詩發表作品，1970年代翻譯法國詩，1980年代譯介第三世界國家詩選及譯詩家研究，1990年代回到台灣文學閱讀與研究。」彷彿自己是文學沙場奔馳的一員，其實，僅僅在文學長河岸邊的過客。倒是龐雜書寫類別中，一直圍繞著「詩」的主軸。

若非因為詩，其他的都不可能展顯。

沒有詩，對我而言，其他的都失去意義。在此脈絡，檢視自己的「作業」，1960年代中期踏入詩界，即使中途轉彎，仍與「詩」為鄰。有點類似寫過的一小段文字。有這麼說法：在巴黎，不論走到哪兒，只要一轉身，塞納河就在近旁。塞納河，貫穿巴黎；巴黎，等於法國；沾觸法國，文學已經不遠了。（《塞納河畔──法國文學掠影》代序〈迷園與迷宮〉）。「詩」，應該是我生活生存的中心。

文學界的朋友對我的認識，大都注意我譯介法國詩。其實，我內心經常吶喊著：怎麼不看看我的詩，讀讀我的詩？嚴格講，若非因為「詩」，「莫渝」更無意義。我常舉兩位同時期的法國詩人為例。十六世紀法國七星詩社（Pléiade）詩人洪薩（Pierre de Ronsard, 1524～1585）與杜柏雷（Joachim Du Bellay, 1522～1560），出現各自不同際遇。國王查理九世對洪薩說：「你我同樣戴上冠冕，然而，我戴王冠，你卻戴詩人。」杜柏雷則另云：「我生來是服侍繆斯的，他們卻要我做管家婆。」

我也這麼想，我，應該是生來服侍繆斯的。

　　去年，出版詩集《第一道曙光》，就是希望再啟動續航力。今年年初，我為一件銅雕題詩〈迎風〉結尾兩段：「風使勁地吹，不寒／我們的船，不小／飽滿的帆迎接春天／春天的風熨平我們的海／／海面一片墨綠／回答天空／映照我們無垠的希望」。

　　所以，我一直抱持著對這塊土地的愛與憧憬，在邊緣發聲，寫作。我將自己界定在：現實主義人文關懷的台灣詩人。

　　感謝評審委員的厚愛，感謝長年照顧提攜晚一輩的基金會莊柏林律師，將這個榮譽台灣的獎座頒賜給我。我希望個人無忝辱「台灣詩人」的名號，鞭策我繼續前進。感謝在場所有疼惜台灣文學的朋友。

（2008.07.09）

詩集《革命軍》輯目寫作時間與發表刊物

篇　目	寫作時間	發表刊物
輯一、達達主義下虛擬國家的庶民／束民　腐蝕繪（六帖）	2008.08	《笠》詩刊267期 2008.10.15
輯二、革命軍（五帖）	2008.10	《笠》詩刊268期 2008.12.15
輯三、復活節記事（五帖）	2008.12	《笠》詩刊269期 2009.02.15
輯四、鼠牛交替雜記	2009.02	《笠》詩刊270期 2009.04.15
輯五、相對論（五帖）		《笠》詩刊271期 2009.06.15
輯六、臉的變奏（兩則）	2009.04	《笠》詩刊272期 2009.08.15
輯七、台灣南北朝記事	2009.09	《笠》詩刊273期 2009.10.15
輯八、政治土石流（六首）	2009.09	《笠》詩刊274期 2009.12.15
輯九、達達主義下虛擬國家的政壇顯影	2008.07.21	《文學台灣》68期 2008.10.15

國家圖書館出版品預行編目

革命軍：莫渝詩集 / 莫渝作. -- 一版. -- 臺北市：
秀威資訊科技, 2010. 08
　　冊；　公分. --（語言文學類；PG0400）
BOD版
ISBN 978-986-221-523-4（平裝）

863.51　　　　　　　　　　　　99011360

 語言文學類　PG0400

革命軍
——莫渝詩集

作　　　　者 / 莫　渝
插　　　　畫 / 劉岱昀
發　行　　人 / 宋政坤
執 行 編 輯 / 蔡曉雯
圖 文 排 版 / 賴英珍
封 面 設 計 / 蕭玉蘋
數 位 轉 譯 / 徐真玉　沈裕閔
圖 書 銷 售 / 林怡君
法 律 顧 問 / 毛國樑　律師
出 版 印 製 / 秀威資訊科技股份有限公司
　　　　　　台北市內湖區瑞光路583巷25號1樓
　　　　　　電話：02-2657-9211　傳真：02-2657-9106
　　　　　　E-mail：service@showwe.com.tw
經　銷　　商 / 紅螞蟻圖書有限公司
　　　　　　台北市內湖區舊宗路二段121巷28、32號4樓
　　　　　　電話：02-2795-3656　傳真：02-2795-4100
　　　　　　http://www.e-redant.com

2010 年 8 月　BOD 一版
定價： 200 元

讀　者　回　函　卡

感謝您購買本書，為提升服務品質，煩請填寫以下問卷，收到您的寶貴意見後，我們會仔細收藏記錄並回贈紀念品，謝謝！

1. 您購買的書名：_____

2. 您從何得知本書的消息？

　　□網路書店　□部落格　□資料庫搜尋　□書訊　□電子報　□書店

　　□平面媒體　□ 朋友推薦　□網站推薦 □其他_____

3. 您對本書的評價：(請填代號　1.非常滿意 2.滿意 3.尚可 4.再改進)

　　封面設計____　版面編排____　內容____　文/譯筆____　價格____

4. 讀完書後您覺得：

　　□很有收獲　□有收獲　□收獲不多　□沒收獲

5. 您會推薦本書給朋友嗎？

　　□會　□不會，為什麼？_____

6. 其他寶貴的意見：_____

_____

_____

_____

讀者基本資料

姓名：_____　年齡：_____　性別：□女 □男

聯絡電話：_____　E-mail：_____

地址：_____

學歷：□高中(含)以下　　□高中　　□專科學校　　□大學

　　　□研究所(含)以上 □其他_____

職業：□製造業 □金融業 □資訊業 □軍警 □傳播業 □自由業

　　　□服務業 □公務員 □教職　□學生 □其他_____

(請沿線對摺寄回,謝謝!)

秀威與 BOD

BOD（Books On Demand）是數位出版的大趨勢，秀威資訊率先運用 POD 數位印刷設備來生產書籍，並提供作者全程數位出版服務，致使書籍產銷零庫存，知識傳承不絕版，目前已開闢以下書系：

一、BOD 學術著作—專業論述的閱讀延伸
二、BOD 個人著作—分享生命的心路歷程
三、BOD 旅遊著作—個人深度旅遊文學創作
四、BOD 大陸學者—大陸專業學者學術出版
五、POD 獨家經銷—數位產製的代發行書籍

BOD 秀威網路書店：www.showwe.com.tw
政府出版品網路書店：www.govbooks.com.tw

永不絕版的故事・自己寫・永不休止的音符・自己唱